AGENT
DE L'EMPIRE TERRIEN

AVENTURES GALACTIQUES

Albin poche

Aventures galactiques

L'Arme de nulle part

A paraître

La Caverne du ciel
Les Mondes interdits

POUL ANDERSON

AGENT DE L'EMPIRE TERRIEN

TRADUCTION DE FRANCK STRASCHITZ

ALBIN MICHEL

Édition originale :

AGENT OF THE TERRAN EMPIRE

ISBN : 2-266-03039-5

Le tigre par la queue

1

Le capitaine Flandry ouvrit les yeux et vit un plafond de métal. Dans le même instant, il perçut un vrombissement particulier qui signifiait sans le moindre doute qu'il se trouvait à bord d'un vaisseau spatial en secondaire.

Il se leva avec une violence qui lui fit tourner la tête. Il avait bu la veille et s'était endormi dans une chambre des bas-fonds de Catawrayannis, sans la moindre intention de quitter la ville... et encore moins la planète!

Il se rendit compte avec horreur qu'il ne se trouvait pas à bord d'un vaisseau humain. Certes, la dimension et la forme des objets qui l'entouraient parlaient en faveur d'humanoïdes, mais jamais un vaisseau de ce type n'avait été construit dans l'Empire.

Le mobilier de la petite cabine en témoignait suffisamment : la couchette était parfaitement adaptée à son corps, mais les draps et les couvertures n'étaient pas en tissu synthétique... Il se pencha pour les examiner. Oui, les draps devaient être faits de quelque fibre végétale, et de longs poils bleuâtres étaient visibles sur les couvertures. Les deux chaises et la table étaient en bois et avaient dû, à en croire leurs belles et complexes sculptures, connaître un passé plus glorieux. La qualité des revêtements de métal était également très différente de ce qu'il connaissait et...

Il se rassit sur la couchette et essaya de penser. L'alcool seul n'expliquait pas son vertige et le goût affreux qu'il avait dans la bouche. Et pourquoi s'était-il endormi si tôt, alors que la fille était si belle?

Drogué? Quelle horreur! *Je ne suis quand même pas aussi stupide qu'un héros de stéréofilm! Tout sauf ça!*

Mais qui se serait attendu à cela? Et qui avait pu le faire? Certainement pas les hommes et les êtres qu'il essayait de dépister. Il n'y en avait aucun aux environs. Il n'en était qu'au stade où il mettait lentement sur pied la complexe structure de connaissances demi-mondaines qui le mènerait un jour, par des voies extrêmement détournées, à ceux qu'il cherchait. Et il en profitait pour prendre du bon temps, oh oui! et...

Et maintenant il était entre les mains d'êtres étrangers à l'Empire. De cela, il était certain. Quant au reste...

Il se leva d'un pas légèrement chancelant et chercha ses vêtements, mais n'en trouva pas trace. Et dire qu'il les avait payés trois cents crédits! Il frappa sauvagement sur la porte, qui n'était pas équipée d'une cellule photo-électrique, puis tira sur la poignée. La porte s'ouvrit.

La gueule béante d'un atomiseur était pointée sur lui. Le modèle lui était inconnu, mais il n'y avait pas de doute quant à sa nature. Le capitaine Flandry soupira, relâcha ses muscles tendus et examina l'être qui tenait l'arme.

Il était humanoïde à un haut degré. Un peu plus trapu peut-être que le Terrien moyen – la gravité artificielle du vaisseau semblait d'ailleurs supérieure à 1 *g* – avec une peau très blanche, de longs cheveux et une barbe roux foncé, des yeux violets et obliques. Ses oreilles étaient très pointues et ses lourdes arcades sourcilières étaient surmontées de deux petites cornes. Il portait des vêtements de civilisé et un capuchon, et aurait facilement pu se faire passer pour un Terrien.

Mais certainement pas avec ce kilt, cette tunique courte recouvrant une brillante cuirasse de cuivre-béryllium (son casque était du même alliage), ses brodequins lacés autour de ses jambes nues... Sans compter un poignard d'aspect meurtrier et deux scalps qui pendaient à sa ceinture.

Il fit signe au prisonnier de reculer et sonna une fois, longuement, d'un cor qu'il portait au côté. Les échos se répercutèrent longuement dans les coursives du vaisseau; le capitaine Flandry ressentit un chatouillement désagréable le long de la colonne vertébrale.

Pas d'intercom, songea-t-il, même pas de tubes acoustiques... le mobilier en bois, en fibres animales ou végétales... ce costume archaïque. Des barbares, certes, mais d'une tribu qu'il ne connaissait pas.

Cela n'avait d'ailleurs rien de surprenant, car l'Empire Terrien et la demi-douzaine d'autres états civilisés de la partie connue de la Galaxie dominaient plusieurs milliers de races intelligentes et avaient des contacts avec des milliers d'autres. Quelques races frontalières avaient, sans changer vraiment leur façon de vivre et de penser, acquis une bonne dose de technologie humaine.

Ces tribus périphériques ne faisaient qu'agacer l'Empire, mais elles représentaient une menace réelle pour les planètes frontalières. On les achetait, on les dressait l'une contre l'autre; parfois même on montait une expédition punitive. Mais qu'un jour un chef barbare parvienne à former une coalition forte et stable... *Vae victis!*

Un groupe approchait : apparemment des officiers, des gardes et quelques esclaves. Leur chef avait une puissante stature, et la froide arrogance de ses yeux bleu pâle révélait une intelligence calculatrice. Il portait une fine couronne d'or et une somptueuse robe diaprée flottait autour de lui. Flandry reconnut quelques objets de fabrication humaine; sans doute les fruits du pillage.

Le groupe s'arrêta devant lui et le chef le regarda de la tête aux pieds avec une expression volontairement insultante. Mais Flandry était immunisé et, bien que nu, ne ressentit aucun embarras.

Le chef parla enfin, dans un anglique aisé

malgré son fort accent. « Autant accepter le fait que vous êtes prisonnier, capitaine Flandry. »

Ils l'avaient fouillé, évidemment. Flandry demanda d'une voix calme : « Une question de simple curiosité : cette fille était à votre solde ? »

« Bien sûr. Je vous assure que les Scothani ne sont pas les barbares sans cervelle de vos légendes... quoique », ajouta-t-il avec un sourire glacial, « cette superstition terrienne soit bien pratique pour nous ».

« Les Scothani ? Je ne pense pas avoir eu le plaisir... »

« Vous n'avez sans doute jamais entendu parler de nous, bien que nous ayons eu quelques contacts avec l'Empire. Nous jugeons préférable de demeurer dans l'obscurité en ce qui concerne Terra, jusqu'à ce que les temps soient mûrs. Mais... pour quelle raison, selon vous, les Allari vous avaient-ils attaqués il y a quinze ans ? »

Flandry se souvenait. Il était encore à l'école alors, mais il avait suivi avidement les reportages sur les terribles flottilles qui avaient franchi les Marches et s'étaient attaquées à Véga elle-même avant d'être brisées lors de la dure bataille de Mirzan. En fait, ce n'étaient que des fuyards, tentant d'échapper à une race puissante et sauvage qui avait porté le feu et la mort dans leur propre système. Cela arrivait souvent, mais cette fois les réfugiés s'étaient à leur tour transformés en conquérants. Des bouleversements politiques au sein de l'Empire avaient empêché une enquête plus approfondie, et l'on n'avait jamais su le fin mot de l'affaire.

« C'était donc vous qui chassiez les Allari? » demanda Flandry s'efforçant, malgré sa situation, de feindre un intérêt poli.

« Oui, et pas seulement les Allari. Les Scothani se sont forgé un joli petit Empire dans les fins fonds de la Galaxie. Mais nous n'avons jamais eu de contacts directs avec les Terriens. »

Les Scothani avaient donc emprunté leur technologie à une autre race, tout aussi barbare, peut-être. Ce n'était pas nouveau. Flandry voyait très bien comment cela avait pu se passer. Des astronefs atterrissent dans un monde primitif puis, la première épouvante passée, les indigènes se rendent compte que ces hommes venus du ciel peuvent être tués comme n'importe qui. Ensuite, des marchands, des étudiants, des ouvriers, des mercenaires se rendent sur des mondes plus évolués, et en ramènent des connaissances scientifiques et technologiques. Les premières usines apparaissent, et quelque roi local se sert de ce nouveau pouvoir pour dominer la planète; pour se maintenir en place, il promet à ses sujets gloire et pillage, puis part à la conquête des étoiles...

Les Scothani étaient apparemment allés plus loin que les autres. Et, grâce à leur éloignement du centre de l'Empire, ils pouvaient accroître leur puissance sans que Terra, amollie et obsédée de politique, s'en rende compte, jusqu'au jour où...

Vae victis!

2

« Entendons-nous bien », dit le chef barbare. « Vous êtes prisonnier sur un vaisseau de guerre qui se trouve déjà à plusieurs années-lumière de Llynathawr, au centre des Marches Impériales, et en route pour Scotha. Vous n'avez aucune chance d'être secouru, et votre sort dépendra de votre attitude. »

« Puis-je vous demander pourquoi vous m'avez capturé ? » demanda Flandry sans aucune trace d'agressivité.

« Vous êtes de sang noble, et vous occupez un rang élevé dans les Services de Renseignements impériaux. Vous avez donc une certaine valeur comme otage. Mais avant tout, nous voulons des informations. »

« Mais je... »

« Je sais. » Le chef avait pris un ton de dégoût. « Vous êtes très typique de votre misérable espèce. J'ai suffisamment étudié la décadence de l'Empire pour le savoir. Vous êtes un vulgaire fils cadet auquel on a procuré une sinécure richement payée pour qu'il puisse porter un uniforme et jouer au soldat. Vous n'êtes *rien.* »

Flandry devint écarlate. « Dites donc... »

« C'est pourtant évident », coupa le barbare. « Vous arrivez à Llynathawr pour déjouer de dangereux conspirateurs. Et que faites-vous ? Vous descendez sous votre vrai nom dans le plus grand hôtel de Catawrayannis, vous vous pavanez dans votre uniforme sans faire mystère de la raison de votre présence, vous buvez, jouez et courez les filles toute la nuit et vous dormez tout le jour! » Un humour glacial se lisait dans les yeux bleus du barbare. « Les ennemis de l'Empire doivent se tordre de rire devant ce spectacle. »

« S'il en est ainsi », dit Flandry d'une voix blanche, « pourquoi m'avez-vous... ».

« Vous devez savoir des choses. Que vous le veuillez ou non, un tas d'informations diverses vous parviennent. Sans compter que vous connaissez le fonctionnement du Service de Renseignements. Et vous nous direz tout! Vous pourrez aussi nous être utile par ailleurs. Il y a des personnalités que vous pourrez contacter pour nous, des documents que vous nous traduirez, des liaisons que vous pourrez établir... Un jour, nous vous rendrons peut-être votre liberté. » Le barbare leva le poing. « Et si vous avez l'intention de nous dissimuler quelque chose, n'oubliez pas que les bourreaux de Scotha connaissent leur métier. »

« Ces menaces mélodramatiques sont vaines », dit Flandry lourdement.

Le poing le frappa en plein visage, et il tomba dans un abîme d'obscurité tournoyante. Il se mit à quatre pattes, le sang coulant de son nez, et entendit de très loin une voix lui dire : « Dorénavant, petit homme, vous me parlerez comme il sied à un esclave s'adressant à un prince héritier de Scotha. »

Le Terrien se releva en titubant. Ses poings se serrèrent. Le prince sourit et le frappa de nouveau. En levant les yeux, Flandry vit des mains qui ne tremblaient pas brandir des atomiseurs. Pas une chance. Pas une.

Le comportement du prince n'avait d'ailleurs rien de sadique. Sa brutalité devait être monnaie courante chez les barbares. Et traitait-on autrement les esclaves dans l'Empire?

Il fallait avant tout survivre.

« Oui, prince », marmonna-t-il.

Le barbare fit volte-face et s'éloigna.

Ils lui rendirent son uniforme... débarrassé de ses galons dorés et de ses médailles. Flandry soupira en considérant les vêtements salis et déchirés.

Il se lava, se rasa, puis s'examina dans le miroir. Ses pommettes étaient larges, son menton carré, son nez droit. Ses cheveux roux foncé étaient soigneusement mis en plis, et sa moustache impeccablement taillée. Un peu trop joli peut-être, se dit-il en nettoyant le sang. Le travail des plasti-cosméticiens reflétait un goût non encore mûr. Lorsqu'il serait sorti d'affaire, il ferait faire quelques retouches. Il avait dépassé la trentaine, après tout, et un grand avenir l'attendait.

Mais l'ossature était bien à lui, de même que les grands yeux brillants, légèrement obliques, à l'iris d'un gris indéfinissable qui semblait tantôt bleu, tantôt vert, tantôt noir ou doré. Il avait horreur de l'exercice mais pratiquait une mise en forme quotidienne, car il fallait des muscles et des nerfs dans son métier. Et puis, cela le distinguait de la masse des nobles avachis de Terra et lui permettait des conquêtes...

Allons, Dominic, tu ne vas pas rester toute la

journée à t'admirer devant le miroir... Il passa sa blouse, son pantalon et sa jaquette par-dessus ses sous-vêtements de silkite, enfila ses bottes reluisantes, inclina son képi et alla rejoindre ses nouveaux maîtres.

Les Scothani n'étaient pas de mauvais bougres, après tout. C'étaient de grands costauds sensuels et braillards, avides d'aventures et de butin; ils étaient courageux, loyaux, avec un côté sentimental et généreux qui plaisait à Flandry. Mais leurs colères étaient terribles, et ils abattaient sans pitié quiconque se trouvait sur leur chemin. Leur intelligence ne lui inspirait par contre qu'une estime fort mitigée, et il eût été à leur avantage de se laver plus souvent.

Il se trouvait sur l'un des douze vaisseaux de guerre commandés par le prince Cerdic. Ils avaient pillé bon nombre de villes, jusque sur des planètes faisant nominalement partie de l'Empire. Sur le chemin du retour, ils avaient envoyé un homme contacter les agents de Cerdic sur Llynathawr, qui était l'avant-poste de l'Empire dans ce secteur. Apprenant qu'il se passait quelque chose d'inhabituel et qu'un agent spécial de Terra était sur place, Cerdic avait donné ordre qu'on lui amène ce dernier.

Et maintenant, ils rentraient, les soutes pleines du butin de leurs pillages, projetant déjà d'autres raids. Tout cela était en principe sans conséquence, mais... Cerdic et son père étaient plus que de vulgaires chefs barbares, et Scotha plus qu'une simple nation barbare.

Se pouvait-il que, au sein de ces milliers d'étoiles, quelqu'un ait fini par mettre sur pied une puissance capable de briser l'Empire? La Longue Nuit approchait-elle?

Flandry repoussa cette pensée. Quelqu'un d'autre continuerait son travail à Llynathawr, mais il y manquerait quelque chose, songea-t-il tristement. Peu importait. Avant tout, il fallait estimer jusqu'où allaient la puissance et l'ambition des Scothani, apprendre leurs plans, puis les communiquer à Terra... leur nuire dans la mesure du possible. Ensuite, il serait temps de penser à sauver sa peau.

Cerdic le fit amener dans la cabine du capitaine, typique repaire de barbare avec des peaux de bêtes sur le sol et, sur les murs, des trophées, des sabres et des boucliers. Dans un coin brillait un splendide vase d'or massif volé quelque part. Les touches modernes paraissaient incongrues dans ce cadre : un lecteur de microfilms, des tables astrographiques, un ordinateur même, et un vodographe. Le prince était assis dans un massif fauteuil de bois sculpté; une robe de silkite flottait sur ses larges épaules. Il salua Flandry non sans affabilité.

« Votre première tâche sera d'apprendre le scothanien », commença-t-il sans préambule. « Rares sont les nôtres qui parlent l'anglique, et nombre de nos nobles seront désireux de s'entretenir avec vous. »

« Oui, prince », dit Flandry. Cette demande répondait exactement à ses désirs.

« Commencez également à organiser tout ce que vous savez afin de pouvoir le présenter dans un ordre cohérent... J'ai vécu dans l'Empire, et je saurai si vous dites la vérité. » Le prince eut un sourire sans chaleur. « S'il apparaît le moindre doute quant à votre sincérité, vous serez soumis à la torture, et un de nos ultra-sensibles aura accès à la vérité. »

Ah! ils avaient donc des télépathes capables de distinguer le vrai du faux dans un esprit désorganisé par la souffrance. Cela valait bien les hypnosondes utilisées dans l'Empire.

« Je dirai la vérité, prince », assura Flandry.

« Je le pense. Si vous coopérez, vous verrez que nous ne sommes pas des ingrats. Lorsque nous irons dans l'Empire, les richesses foisonneront, et les humains qui nous serviront de lien avec leur race détiendront un pouvoir non négligeable. »

« Prince », commença Flandry sur un ton légèrement offusqué, « jamais je ne... ».

« Mais si, mais si », coupa Cerdic froidement. « Je connais les humains. J'ai voyagé incognito dans tout l'Empire, et jusqu'à Terra elle-même, me faisant passer pour l'un des vôtres, ou parfois pour un membre d'une des races assujetties. Je *connais* l'Empire, sa totale décadence, ses politiciens hyper-égoïstes, ses foules assoiffées de plaisir, l'intrigue et la corruption partout présentes, la dissolution des mœurs et l'absence totale de sens du devoir, le déclin de l'art devenu artisanat et la stagnation de la science... Vous étiez une grande race pourtant, vous les hommes; vous avez été les premiers à aspirer aux étoiles, et nous vous devons du moins cela. Mais votre grandeur passée n'est plus. »

Son point de vue était partial, certes, mais contenait suffisamment de vérité pour piquer Flandry au vif. Cerdic continua, en élevant la voix : « Une nouvelle puissance se forme hors de vos frontières, coalition de peuples jeunes, qui ont la force, le courage et l'espoir de la jeunesse, et ils balaieront les débris pourrissants de l'Empire pour bâtir quelque chose de neuf et de meilleur. »

Oui, songea Flandry, *mais d'abord viendra la Longue Nuit, l'interminable mort de la civilisation, foules hurlantes dans les ruines de nos temples, myriades de tyrans miniatures dévorant les ruines de l'Empire... sans parler du déclin de la musique et de l'art culinaire, du bon goût vestimentaire, du sens de la conversation et de la compagnie féminine.*

« Nous possédons une chose que vous avez perdue », disait Cerdic, « et je crois que ce sera le facteur décisif en notre faveur : l'honnêteté. Flandry, les Scothani sont une race de guerriers honnêtes ».

« Je n'en doute pas, prince. »

« Oh! nous avons aussi nos bandits, mais ils sont rares et la coutume des duels les élimine rapidement. Et même leurs vices sont propres et dénués de honte, au fond : la rapacité ou la désobéissance aux lois, mais certes pas la corruption et la traîtrise de vos politiciens pourris. Il ne viendrait jamais à l'idée d'un vrai Scothani d'agir de façon déshonorante, de trahir un camarade ou de manquer à sa parole. Nos femmes ne courent pas les rues, à séduire le moindre passant; elles restent à la maison jusqu'au mariage et connaissent leur métier de mères et de maîtresses de maison. Nos garçons, eux, sont élevés dans le respect des dieux et de leur roi; ils apprennent le métier des armes et l'horreur du mensonge. La mort est une petite chose, Flandry, et nul ne peut espérer lui échapper, mais l'honneur vit à jamais. Nous ignorons la corruption. Nous maintenons l'honneur vivant et déracinons le mal par la mort et la torture. Nous sommes fidèles à notre code. Et c'est pour cela que nous vaincrons. »

Quelques bons vaisseaux de guerre ne font pas de mal, pensa Flandry. Puis il regarda les yeux froids et brillants de son interlocuteur. *C'est un fanatique, mais un fanatique intelligent. Il n'est pas d'ennemi plus dangereux.*

« Tout stratagème n'est-il pas un mensonge? » demanda-t-il avec humilité. « Vos voyages secrets dans l'Empire... »

« Certes, certaines manœuvres sont nécessaires », répondit le prince avec raideur. « Et la façon dont on agit avec les races étrangères est sans importance... surtout lorsqu'elles sont aussi dénuées d'honneur que les Terriens. »

Le bon vieux complexe de supériorité raciale. Bien, bien.

« Je vous dis ceci », reprit Cerdic avec sérieux, « dans l'espoir que vous verrez que notre cause est juste et que vous déciderez de vous ranger à nos côtés. Peut-être accomplirez-vous enfin quelque chose dans votre vie ».

« J'y réfléchirai, prince », promit Flandry.
« Ce sera tout. »
Flandry sortit.

Il y avait trois bonnes semaines que le vaisseau filait vers Scotha. Flandry en mit deux à acquérir une connaissance sérieuse de la langue scothanienne mais il simula des difficultés, se plaignant de ne pouvoir suivre lorsqu'ils parlaient trop rapidement. C'est fou ce que l'on peut apprendre lorsque les gens croient que vous ne comprenez pas ce qu'ils disent. Pas des détails stratégiques importants, certes, mais des renseignements généraux sur la culture, le mode de pensée, et aussi nombre de détails personnels. Tout cela trouvait sa place dans le système de classement méthodique qu'était la mémoire de Flandry ; combiné avec ce qu'il avait appris par ailleurs, cela lui donnait une image étonnamment claire de la situation.

Les Scothani étaient devenus presque amicaux, avides d'apprendre le plus de choses possible sur la fabuleuse civilisation impériale et de se vanter de leurs exploits passés ou à venir. Flandry était à peine surveillé et il pouvait aller où il lui plaisait dans le vaisseau. Il dormait et mangeait avec les guerriers, apprenait leurs chansons grivoises et leurs histoires obscènes, luttait avec eux (son habileté les surprit et lui valut leur respect). Il devint même l'ami et le confident de quelques jeunes guerriers.

La race n'avait qu'un vice : le jeu. Flandry

apprit les jeux des barbares et leur en révéla d'autres. Avant la fin du voyage, il était rentré en possession des objets précieux qui lui avaient été volés, plus quelques autres et une bourse bien garnie. C'était presque trop facile. Ces grands enfants n'avaient jamais songé qu'il était possible de tricher!

L'image devenait de plus en plus complète. Les barbares tribus de Scotha étaient, depuis plusieurs générations déjà, fermement unies sous l'égide des rois frithiens. Théoriquement, c'était une monarchie absolue, mais en fait tous les citoyens, sauf les esclaves, étaient libres. Ils avaient conquis plus de cent systèmes, se contentant d'exiger un tribut et des impôts. Douze états barbares s'étaient déjà unis sous le commandement du roi Penda, formant une coalition dont le but avoué était d'envahir l'Empire, d'investir Terra en détruisant les forces militaires impériales pour devenir les maîtres incontestés de cette partie de la Galaxie. Rares étaient ceux qui, comme Cerdic, pensaient plus loin que le pillage immédiat, rêvant déjà à agrandir un Empire dont ils auraient pris la tête.

Ils possédaient une flotte immense – Flandry ne put découvrir son importance exacte – dont l'organisation et la technologie étaient de loin supérieures à celles des autres forces barbares. Leur puissante industrie utilisait surtout des esclaves comme main-d'œuvre. Leurs chefs avaient l'intelligence d'avoir compris qu'il fallait attendre, pour attaquer l'Empire, qu'une de ses fréquentes crises politiques l'ait affaibli, et ils étaient extrêmement bien renseignés sur leur ennemi. La situation semblait fort sombre.

Pire, ils ne pouvaient pas se permettre d'attendre trop longtemps. Enflammés par ce rêve de conquête, leurs alliés s'impatientaient et n'aspiraient qu'à se jeter à la gorge de l'Empire. Il ne serait pas possible de les retenir longtemps, et alors... Les forces combattantes de l'Empire étaient plus importantes, certes, mais parviendrait-on à les mobiliser à temps? Et qui sait si quelques alliés jaloux n'apporteraient pas leur aide à l'ennemi, et si un groupe de fanatiques dénués de peur ne pourrait faire une abondante moisson dans les rangs des officiers arrivistes et des mercenaires de l'Empire?

Se pouvait-il réellement que la Longue Nuit fût proche?

3

Scotha n'était pas tellement différente de Terra : un peu plus grande, un peu plus éloignée de son soleil, avec des mers plus turbulentes à cause de la présence de trois lunes. Flandry eut l'occasion d'observer la planète au télescope – le vaisseau n'était pas équipé de télécrans. Il vit l'immense disque grandir sur le fond splendide de la Galaxie et observa les continents avec plus d'attention qu'il ne le montrait.

La planète était assez peu peuplée. Il y avait d'immenses forêts, de vastes plaines incultes, des villes et des villages archaïques groupés autour des hauts châteaux des nobles. La majeure partie de l'industrie se trouvait sur d'autres mondes, mais les bases militaires étaient toutes établies sur Scotha et sur ses lunes. Au total, estima Flandry, il ne pouvait y avoir plus d'un milliard de Scothani, et encore une bonne partie d'entre eux devaient-ils occuper les planètes vassales. Cela ne les rendait nullement moins redoutables.

La flotte de Cerdic s'éparpilla, chaque capitaine allant rejoindre son fief. Cerdic lui-même alla se poser aux portes de la capitale, Iuthagaar. Lorsque les cérémonies de bienvenue furent achevées, il fit appeler Flandry.

« Quelle est votre attitude à notre égard maintenant? » lui demanda-t-il.

« J'aime beaucoup votre peuple », répondit le Terrien. « Comme vous me l'aviez dit, c'est une race forte et honnête. »

« Vous avez donc décidé de nous aider activement? » La voix était glaciale.

« Je n'ai guère le choix, prince », dit Flandry. « Tant que vous ne me ferez pas confiance, je demeurerai un prisonnier. Que puis-je faire d'autre que de vous aider sans arrière-pensée? »

« Et votre propre nation? »

« Il faut vivre, prince. Et cette époque est troublée. »

Cerdic eut une moue de mépris. « Je m'attendais à mieux de votre part... mais vous êtes humain. Il est donc normal que vous trahissiez vos serments pour votre avantage personnel. »

La voix de Flandry tremblait d'une feinte

surprise. « N'était-ce pas ce que vous désiriez, prince? »

« Oh! oui, je crois. Bien. Suivez-moi, mais vous me donnez un peu la nausée. »

Ils montèrent vers le grand palais de pierre grise dont les tours dominaient la ville, et Flandry fut reçu en audience publique par le roi de Scotha.

L'immense salle faiblement éclairée était ornée des bannières et des boucliers des guerres passées; les feux de bois allumés sur toute sa longueur ne parvenaient pas à repousser le froid. Couvert d'épaisses fourrures, le roi Penda était assis sur un trône en forme de dragon, dix fois plus grand que lui. Il ressemblait à son fils aîné Cerdic, mais son regard n'avait pas la même intensité amère. Un homme fort, jugea Flandry, dur, impitoyable et capable, mais sans aucun doute moins intelligent que son fils.

Cerdic prit place à la droite de son père. La reine était debout à sa gauche; elle frissonnait un peu dans cette atmosphère froide et humide. Deux rangs de guerriers étaient disposés le long des murs. Les flammes se reflétaient sur leurs cuirasses et leurs hallebardes. Sans les atomiseurs dont ils étaient également armés, on aurait cru des figures de légendes.

Il y avait également plusieurs autres fils de Penda, quelques généraux et conseillers d'âge mûr, des nobles venus assister à l'audience. Certains de ces derniers étaient d'une autre race, et Flandry remarqua qu'on les traitait tout juste poliment. Il y avait aussi, bien sûr, les suivants et les esclaves, les bardes et les danseurs. Une cour barbare comme bien d'autres... mais qui représentait une force, une menace.

Flandry mit un genou à terre, puis se releva et soutint le regard du roi. Sa position était ambiguë : officiellement, il était le prisonnier et l'esclave de Cerdic, mais en fait qu'était-il et que pouvait-il devenir?

Penda lui posa plusieurs questions banales, puis dit lentement : « Vous allez conférer avec le général Nartheof, chef de notre service de renseignements. Vous lui direz ce que vous savez; vous pourrez également lui faire des suggestions, mais n'oubliez pas que toute intention trompeuse sera découverte et punie. »

« Je serai honnête, Majesté. »

« Y a-t-il des Terriens honnêtes? » dit Cerdic sur un ton cinglant.

« Je le suis », dit Flandry. « Je sers loyalement qui me paie, et comme je ne suis plus payé par l'Empire, force m'est de chercher un nouveau maître. »

« Je doute que vous puissiez nous être de grande utilité », dit Penda.

« Je pense que si », déclara Flandry avec hardiesse. « Même dans les petites choses. Par exemple, cette salle admirablement décorée est glaciale au point que vous devez vous vêtir de fourrures. Je pourrais facilement expliquer à quelques-uns de vos techniciens comment installer un chauffage irradiant qui la rendrait chaude comme au cœur de l'été. »

Penda leva ses sourcils broussailleux. Cerdic

ricana bruyamment : « Un tour bien digne d'un Terrien. Devrons-nous, nous qui chassons le vorgari en ski, devenir mous et paresseux comme les Impériaux ? »

Flandry décela plusieurs expressions de mécontentement autour de lui. Il sourit intérieurement. Ces nobles sauvages ne partageaient donc pas tous l'austère idéal de leur prince. Si seulement l'un d'eux avait le courage...

Ce fut la reine qui parla, d'une voix douce et timide. « Quel mal y a-t-il à avoir chaud, sire ? Je... j'ai tellement froid ici. »

Flandry lui jeta un regard admiratif. Il connaissait l'histoire de la reine Gunli. Jeune, la troisième épouse de Penda venait d'une contrée plus méridionale qu'Iuthagaar et son peuple était un peu plus civilisé que les Frithiens, qui étaient néanmoins la race dominante. Sa beauté était frappante : de longs cheveux noirs bouclés, un visage mutin aux grands yeux violets, un corps empli d'une vitalité contenue. Il se demanda si elle avait jamais maudit le sort qui l'avait fait naître noble et contrainte à un mariage politique.

Un instant, leurs regards se croisèrent.

« Taisez-vous », lui dit Cerdic sèchement.

Gunli posa une main légère sur celle de son époux. Le roi rougit. « Ne parle pas ainsi à ta reine, Cerdic », dit-il. « En vérité, ce "tour" impérial est simplement une forme améliorée du feu, que nul ne saurait dire indigne de nous. Laissons le Terrien faire ce qu'il propose. »

Flandry s'inclina de façon on ne peut plus

ironique. Du coin de l'œil, il capta le regard de la reine. Il brillait. Elle savait.

Nartheof se montra très expansif, plein d'une apparente franchise, mais les petits yeux qui luisaient dans son visage hirsute recelaient une grande intelligence. Il se cala dans son fauteuil, croisa les mains derrière la nuque et considéra Flandry d'un air ironique. « Si vous dites vrai... »

« Je dis vrai », affirma le Terrien.

« C'est fort probable. Cela recoupe ce que nous savions déjà, et nous allons procéder à des vérifications. Si les choses sont vraiment comme vous le dites, l'organisation impériale est absolument fantastique. » Il sourit. « Rien d'étonnant. Elle permit jadis aux hommes de conquérir les étoiles. Mais un système vaut ce que valent ses membres, et chacun sait combien les Impériaux sont devenus lâches et corrompus. »

Flandry ne dit mot, mais il se souvint du courage des unités siriennes à Garrapoli, de l'héroïque sacrifice de la Légion Valatienne et... à quoi bon continuer? Les hautains Scothani étaient apparemment incapables de comprendre que, si l'Empire était vraiment aussi corrompu qu'ils le croyaient, il n'aurait jamais survécu aussi longtemps.

« Nous devrons tout réorganiser », reprit Nartheof. « Ce que vous dites est trop logique pour ne pas être vrai. Notre système entier est dépassé. Il est ridicule, par exemple, de tenir compte du rang et du courage aveugle pour les nominations, et non de l'intelligence. »

« Et vos officiers demandent à leurs hommes plus qu'ils ne peuvent donner. C'est une erreur; tous ne sont pas des surhommes. »

« Très juste. Et nous devrions éliminer des qualités requises l'adresse à l'épée : les épées ne servent plus à rien de nos jours. Nous devrions former des mathématiciens capables de calculer des trajectoires et tout cela. » Nartheof fit une grimace. « Je frémis en pensant à ce qui serait arrivé si nous vous avions envahis il y a trois ans, comme certaines têtes brûlées le voulaient. Nous vous aurions infligé pas mal de dégâts, mais c'est tout. »

« Il vous faudra au moins dix ou vingt ans pour vous préparer. »

« Impossible. Les grands nobles ne l'accepteraient pas. Personne ne désire rester duc d'une planète quand il peut devenir vice-roi d'un secteur galactique. Mais nous avons quand même une année ou deux devant nous. » Nartheof secoua la tête d'un air sombre. « Avec votre aide, je peux rénover mon propre service en un rien de temps – j'ai presque tous les meilleurs cerveaux. Quant aux autres forces... Dieux, si vous voyiez les crétins qui les commandent! J'ai discuté avec Nornagast jusqu'à devenir aphone. En vain. L'imbécile n'arrive pas à comprendre qu'une flotte spatiale aussi importante que la nôtre doit avoir une division de coordination équipée d'ordinateurs sémantiques et... Qu'importe! Le pire, c'est qu'il est le cousin du roi, et que je suis impuissant contre lui. »

« Il pourrait lui arriver un accident », murmura Flandry.

« Hein ? » fit Nartheof, la bouche grande ouverte. « Que voulez-vous dire par là ? »

« Rien », dit Flandry avec insouciance. « Mais supposons, en pure théorie, qu'un fin bretteur se prenne de querelle avec lui. Il doit avoir de nombreux ennemis ? Et s'il avait le malheur d'être tué au cours du duel, vous pourriez aller voir le roi sans tarder pour le persuader de lui nommer un successeur plus raisonnable. Cela impliquerait, évidemment, que vous sachiez d'avance qu'il y aurait un duel. »

« De toutes les vilenies et traîtrises... »

« Je ne faisais qu'imaginer », dit Flandry sur un ton apaisant. « Mais je vous rappelle que vous avez dit vous-même qu'il n'est pas juste qu'un imbécile occupe un poste lui donnant honneurs et richesses, alors que bien des hommes meilleurs que lui restent dans l'ombre pour l'unique raison qu'ils sont d'un rang plus bas. Vous avez même ajouté que c'est mauvais pour le pays tout entier. »

« Je suis sourd à ces bassesses terrestres. »

« Certes. Tous les Terriens ont des esprits impurs, et je ne faisais que suivre un penchant naturel. Mais n'oubliez pas que nous avons conquis les étoiles. »

« Quels sommets ne pourrions-nous pas atteindre, si seulement... » Nartheof se secoua. « Non. Un guerrier ne trempe pas ses mains dans le fumier. »

« Bien entendu. Mais il peut se servir d'une fourche. Celui qui la manie n'a pas besoin de connaître les détails... Mais revenons à nos affaires. » Flandry se tassa encore plus mollement dans son fauteuil. « Voici un renseignement qui n'est connu que de la haute hiérarchie impériale. L'Empire possède nombre d'arsenaux et de dépôts de munitions qui n'ont pour toute garde que le secret. L'Empereur n'ose confier la surveillance d'une telle force à n'importe quelle unité, et celles qui sont de toute confiance sont en trop petit nombre. On utilise donc des planètes obscures et inhabitées. » Nartheof était suspendu à ses lèvres. « Je n'en connais qu'une », continua Flandry, « mais elle offre des perspectives excellentes : un système aride et inhabité, à quelques parsecs à l'intérieur des frontières. La seconde planète est une véritable ruche souterraine, bourrée de vaisseaux spatiaux, de bombes atomiques, de combustible... plus qu'il n'en faut pour détruire un monde entier. Une petite flotte rapide pourrait s'y rendre, prendre le plus intéressant et détruire le reste avant que la garnison la plus proche puisse arriver ».

« Et cela est *vrai*? »

« C'est facile à vérifier. Si je mens, il ne vous en coûtera que cette petite escadrille... et je vous assure que je n'ai aucunement le désir d'être torturé à mort. »

« Grands Dieux! » Nartheof frissonna. « Il faut sans tarder que j'en avertisse Cerdic. »

« Vous pourriez... y aller sans en parler à quiconque? Si Cerdic le sait, il voudra commander l'expédition. Si vous y allez, à vous les honneurs... et le pouvoir. »

« Cela déplaira à Cerdic. »

« Il sera trop tard. Il ne pourra pas vous blâmer officiellement pour un tel coup d'éclat. »

« Oui... Il devient par trop suffisant, et une petite leçon lui ferait du bien. » Nartheof fut secoué d'un rire de géant. « Oui, par la barbe de Valtam, je le ferai! Donnez-moi tout de suite les coordonnées... »

Un peu plus tard, Nartheof leva les yeux d'une feuille couverte de chiffres et fixa un regard stupéfait sur Flandry. « Si tel est le cas, et je le crois, ce sera une catastrophe de première grandeur pour l'Empire. Pourquoi êtes-vous avec nous, humain? »

« Sans doute votre cause me plaît-elle un petit peu plus », répondit Flandry avec un haussement d'épaules. « Ou disons que je veux tirer le meilleur parti de la situation. Les Terriens sont des animaux fort adaptables. J'ai déjà des ennemis ici, Nartheof, et je pense m'en faire d'autres. J'ai besoin d'un ami puissant. »

« Vous l'avez », promit le barbare. « Vous m'êtes bien trop utile pour que je vous laisse tuer. Et... bon sang, humain, je ne peux m'empêcher de vous trouver sympathique! »

4

Les dés roulèrent dans une flaque de vin et s'immobilisèrent. Le prince Torric laissa échapper un juron enjoué et poussa la pile des pièces vers Flandry. « Impossible de gagner », dit-il en riant. « Les dieux sont avec vous, humain. »

Pour un esclave, je ne me débrouille pas trop mal, pensa Flandry. *Je suis en passe de devenir riche.* « La fortune favorise les faibles, Altesse. Les puissants n'ont pas besoin de chance. »

« A Theudagaar! » s'exclama le jeune guerrier. Il avait bu et le vin avait empourpré son visage dénué de mystère. « Nous sommes devenus de grands amis, Dominic. Depuis que vous avez remis de l'ordre dans mes affaires... »

« Je suis fort en chiffres, Torric, et mon éducation terrestre me vient en aide. Il faut de l'argent pour vivre, vous savez. »

« Il y en aura assez pour tous lorsque l'Empire sera à nous! Je serai roi d'un système entier! »

Flandry feignit la surprise. « Seulement un système? Pour un fils du roi Penda... »

Torric se rembrunit. « Ce sale avagar de Cerdic a persuadé Père qu'il ne doit y avoir qu'un seul successeur au trône – lui-même, bien entendu. »

« Cela semble bien injuste. Et quel argument emploie-t-il? »

« Il est l'aîné. Cela seul compte. » Torric vida son gobelet.

« Le système impérial est meilleur : c'est le plus capable qui est choisi dans un important groupe de familles. »

« Que puis-je faire contre la tradition? »

« Est-ce ainsi que parle un guerrier? Pourquoi s'avouer vaincu si vite? »

« Mais *que faire*? »

« Il existe des moyens... Le pouvoir de Cerdic repose sur ses partisans et la fidélité de ses troupes. Il n'est pas tellement aimé... et il doit être facile de convaincre certains de ses amis de changer de camp. »

« Quelle traîtrise... Ce serait un fratricide! »

« Qui a parlé de cela? Il suffirait de le... déloger, de lui donner un ou deux systèmes quelque part, ceux qu'il vous destinait par exemple. »

« Je... je ne connais rien à ces procédés terriens. Je suppose que vous voulez séduire ses alliés en leur promettant plus qu'il ne leur donne. Je n'en serai pas capable, Dominic. »

« Je pourrai vous aider », murmura Flandry. « Un homme digne de ce nom se doit d'aider ses amis. »

Le comte Morgaar, régent des planètes zanthudiennes, détenait un pouvoir et une influence que sa position seule n'expliquait pas. Il était également célèbre pour son avidité.

Il déclara à Flandry : « Vos suggestions sur l'agriculture et les hausses d'impôts ont plus que doublé mon revenu. Mais voilà que les indigènes se révoltent contre moi, tuent mes soldats à la moindre occasion et préfèrent brûler leurs fermes que de payer leurs impôts. Que fait-on dans l'Empire en pareil cas? »

« Il ne doit pas vous être difficile d'écraser les rebelles », suggéra Flandry.

« Oh! certes, mais les morts ne paient pas

d'impôts. N'y a-t-il pas un meilleur moyen ? Mon domaine tout entier sombre dans le chaos. »

« Il y a bien des moyens, comte. » Flandry lui en esquissa quelques-uns : comités indigènes composés de collaborateurs, propagande rejetant le blâme sur quelque bouc émissaire... Il se garda bien d'ajouter que ces méthodes ne sont efficaces qu'appliquées avec la plus grande habileté.

« Fort bien », grommela le comte. Son regard implacable fouilla le visage souriant de Flandry. « Vous vous êtes rendu utile à bien des chefs scothaniens depuis votre arrivée, n'est-ce pas ? Ne serait-ce que Nartheof, devenu un grand personnage depuis sa prise de l'arsenal impérial. Mais il me semble que nombre de ces bénéfices sont aux dépens d'autres Scothani, et non de l'Empire. Et j'ai toujours des doutes au sujet de la mort de Nornagast. »

« L'histoire nous apprend que la perspective de gains importants entraîne toujours des luttes intestines », dit Flandry. « Les meilleurs guerriers doivent devenir puissants afin de rassembler le peuple contre l'ennemi commun. C'est ce que firent les anciens empereurs terrestres, mettant ainsi fin aux guerres civiles, puis régnant sur tout l'univers accessible. »

« Oui... je vois. La puissance... les *meilleurs* guerriers... »

– « Puisque nous sommes seuls, comte », continua Flandry, « puis-je vous rappeler que Scotha a dans le passé connu bien des changements de dynastie ? »

« Oui... J'ai juré allégeance au roi, certes, mais

si les intérêts des Scothani étaient mieux servis par une famille plus jeune et plus forte... »

Peu après, ils mirent au point les détails de l'affaire. Flandry suggéra que le prince Kortan serait un allié précieux, mais qu'il faudrait se méfier de Torric, qui nourrissait des ambitions personnelles...

Le solstice d'hiver était l'occasion de grandes fêtes. Le palais et la ville éclataient de lumières, de musique et de rires avinés. Les nobles se pavanaient dans leurs plus belles robes et se gaussaient de la ruine future de l'Empire. Il est bon de noter que, surtout dans les classes supérieures, le nombre de querelles d'ivrognes ayant une issue sanglante fut particulièrement élevé cette année-là.

Les coins sombres ne faisaient heureusement pas défaut. Flandry se tenait dans un tel recoin, près d'une grande fenêtre ouverte sur la ville, et il laissait son regard courir sur les collines scintillantes de mille lumières. Dans le ciel, les trois lunes poursuivaient leur course et les étoiles semblaient si proches qu'on aurait cru pouvoir les saisir de la main. La brise fraîchit, et Flandry ramena les pans de sa cape autour de lui.

Des pas légers approchèrent. Se retournant, il reconnut Gunli, la reine. Son corps souple était perdu dans l'ombre, mais un rayon de lune éclairait son visage, lui prêtant une beauté plus que terrestre.

Ces gens ne sont pas réellement humains. Ils en

ont l'air, mais aucun homme ne fut jamais aussi... simple d'esprit. Mais on ne demande pas aux femmes d'avoir du talent pour l'intrigue, qu'elles soient de Terra ou de Scotha. Les femelles de cette race sont largement assez humaines, même pour les plus difficiles.

L'humour cynique fit place à une indéfinissable tristesse. Oui, il aimait bien Gunli. Ils avaient souvent ri ensemble au cours de ces mois; elle était honnête, chaleureuse et...

« Pourquoi êtes-vous tout seul, Dominic? » Sa voix était douce et calme, et ses yeux violets paraissaient immenses dans la pâle lumière des lunes.

« Il ne serait guère prudent pour moi de me joindre aux autres. » Il sourit. « Je causerais trop de querelles. La moitié d'entre eux me déteste. »

« Et l'autre moitié ne peut se passer de vous. » Elle sourit à son tour. « Ah! je suis bien heureuse de ne pas être avec eux, moi aussi. Ces Frithiens sont des sauvages. Chez moi... » Elle se tourna vers la fenêtre et des larmes brillèrent dans ses yeux.

« Ne pleurez pas, Gunli. Pas ce soir. Souvenez-vous, c'est la nuit où le soleil change, et il y a toujours de l'espoir dans l'année nouvelle. »

« Je n'oublierai jamais les années anciennes », dit-elle avec une amertume surprenante.

Puis il comprit. Il lui demanda doucement : « Il y avait quelqu'un d'autre, n'est-ce pas? »

« Oui. Un jeune chevalier, d'un rang obscur. Mais ils me donnèrent à Penda, qui est vieux et glacial. Et Jomana a été tué au cours d'une des expéditions de Cerdic... » Elle se tourna vers Dominic et fit un effort pathétique pour sourire. « Ce n'est pas seulement Jomana, Dominic. Le temps guérit les blessures les plus profondes. Mais quand je pense à tous les autres hommes jeunes et à leurs bien-aimées... »

« Les hommes le veulent ainsi. »

« Mais pas les femmes. Attendre, toujours attendre. Attendre que les vaisseaux reviennent, sans jamais savoir si celui que l'on aime est vivant. Bercer un bébé dans ses bras en sachant que, dans quelques années, il sera un corps sans vie sur quelque planète inconnue. Non. » Elle redressa ses frêles épaules. « Je ne peux malheureusement pas y faire grand-chose. »

« Vous êtes une femme très courageuse et adorable, Gunli. Des femmes comme vous ont plus d'une fois changé le cours de l'Histoire. » Il lui chanta doucement un poème qu'il avait composé selon la scansion des bardes scothani.

Je te vois si triste,
Debout dans la nuit.
Tes larmes brillent
Plus que la lune,
Et les étoiles font miroiter
Le réseau magique de tes nattes.
Les dieux sont prodigues de dons,
Mais toi, Gunli, tu reçus le plus beau.

Et soudain, elle fut dans ses bras...

Sviffash de Sithafar était en colère. Il allait et venait rageusement dans la chambre secrète, sa queue fouettant ses jambes arquées, sa gueule armée de crocs crachant les mots scothaniens déformés par un fort accent.

« Ils me traitent comme un craieex », siffla-t-il, « moi, roi d'une planète et d'une espèce intelligente, et je dois m'incliner devant ce sale barbare de Penda. On donne à nos vaisseaux les plus mauvaises positions dans l'ordre de bataille, et nous ne pourrons piller que ce que les autres auront laissé. Ces vantards de Scothani traitent les miens comme s'ils étaient des paysans conquis et non des guerriers alliés. Cela ne peut pas durer! »

Flandry gardait un silence respectueux. Il avait soigneusement nourri le ressentiment du monarque reptilien depuis son arrivée à la conférence de Iuthagaar.

« Par le Dieu Noir, si j'en avais l'occasion, je crois que je m'allierais à Terra! » explosa Sviffash. « Vous me dites qu'ils traitent leurs sujets décemment? »

« Oui, Majesté. Nous avons appris qu'il n'est pas rentable d'avoir des préjugés raciaux. En fait, bien des non-humains ont droit de citoyenneté sur Terra et, bien entendu, nos vassaux demeurent les maîtres dans leurs domaines, sauf sur certains points commerciaux ou militaires, où l'unification est indispensable. Et ils ont toujours derrière eux l'immense richesse et l'immense puissance de l'Empire. »

« Mes nobles me suivraient volontiers... Ils préféreraient de beaucoup piller les planètes scothaniennes que celles de l'Empire, mais ils craignent la vengeance du roi Penda. »

« Bien d'autres alliés de Scotha éprouvent les mêmes sentiments, Majesté, et bien plus encore se joindraient à un soulèvement, ne serait-ce que pour profiter du pillage, s'ils voyaient que la révolte avait des chances de réussir. Mais, pour cela, il faudrait les réunir et parvenir à se mettre d'accord... »

« Et vous, Terrien, avez des contacts partout, comme une araignée qui tisse sa toile. Il est évident que, si nous sommes pris, je nierai avoir jamais eu affaire à vous. »

« C'est évident, Majesté. »

« Mais si cela réussit... hé! » Les petits yeux sans paupières brillèrent d'un sombre éclat et une petite langue fourchue vint pourlécher les lèvres cornées. « Ah! quand je pense au sac de Scotha! »

« Non, Majesté. Il est nécessaire que Scotha soit épargnée. Il y a suffisamment de richesses sur les planètes vassales. »

« Pourquoi? » La voix était froide, dénuée d'émotion.

« Parce que, voyez-vous, Majesté, nous avons des alliés scothani qui ne coopéreront qu'à cette condition. Des nobles assoiffés de pouvoir... le mouvement nationaliste du sud, qui désire se séparer des Frithiens du nord... je puis même ajouter que la reine elle-même les dirige en secret... »

La voix de Flandry était aussi glacée que ses yeux. « Cela ne vous avantagera pas de me tuer, duc Asdagaar. Si je ne reviens pas, une personne de confiance dévoilera tout au roi et au peuple. »

Les mains du Scothani serrèrent les bras du fauteuil à les briser. Sa voix tremblait d'une rage impuissante. « Espèce de démon! Larve immonde! »

« Ces insultes sont curieuses venant d'un être qui a votre passé », rétorqua Flandry sans s'émouvoir. « Parricide, traître à ses camarades, violateur de sa parole – j'en ai les preuves, duc Asdagaar, et sur Scotha un homme sans honneur est pareil à un mort et ne tarde généralement pas à le devenir. »

« Comment avez-vous appris cela ? » Le ton du duc devenait désespéré, et il ne pouvait empêcher sa voix de trembler.

« J'ai mes méthodes. J'ai, par exemple, interrogé vos esclaves et vos serviteurs. Les puissants ont trop souvent tendance à oublier que les membres des classes inférieures ont des yeux et des oreilles, et qu'ils parlent entre eux. »

« Et... » Sa voix s'étrangla. « Que voulez-vous? »

« De l'aide, pour certains autres. Vous avez une armée puissante... »

Un vent printanier soufflait doucement dans le jardin, faisant bruire le feuillage. Une forte odeur de végétation emplissait l'air; quelque part, un oiseau chantait. C'était le crépuscule, et l'antique promesse de l'été faisait couler dans les veines un sang plus riche.

Flandry était trop tendu pour se laisser aller au calme tonifiant du moment. Il avait maigri, et ses yeux étaient creusés. Il en était de même pour Gunli, mais cela ne faisait que rehausser sa beauté.

« Le vaisseau est enfin parti », dit Flandry d'une voix lasse. « Aethagir ne devrait pas avoir de mal à arriver à Ifri. C'est un garçon intelligent. Il réussira à faire parvenir ma lettre à l'amiral Walton. » Il s'assombrit, et un tic nerveux agita sa paupière gauche. « Mais ce sera juste, très juste. Si nos forces frappent trop tôt, ou trop tard, ce pourra être catastrophique. »

« Je ne suis pas inquiète », dit Gunli. « Tu sais comment arranger ces choses. »

« C'est la première fois que j'ai la charge d'un empire, ma belle Gunli. Les jours à venir seront critiques. C'est pourquoi je te demande de quitter Scotha sans tarder. Prends un vaisseau et quelques hommes de confiance et va sur Alagan ou Gimli, ou quelque autre planète située un peu à l'écart. » Un coin de sa bouche se releva en un semblant de sourire. « Ce serait une victoire amère si tu devais y trouver la mort, Gunli. »

Elle dit d'une voix blanche : « Je mérite la mort. J'ai trahi mon seigneur... je suis déshonorée. »

« Tu as sauvé ton peuple, celui du Sud, et en définitive Scotha tout entière. »

« J'ai violé mes serments... » Silencieuse et sans espoir, elle se mit à pleurer.

« Un serment n'est qu'un moyen pour parvenir à une fin; c'est celle-ci qui importe, et non le moyen. »

« Un serment est un serment, Dominic. Mais j'avais à choisir entre Penda... et toi. »

Il la consola de son mieux, en songeant sombrement qu'il ne s'était jamais senti aussi immonde.

5

A l'œil nu, la bataille spatiale était à peine visible. Brèves décharges de radiations entre les étincelantes étoiles, parfois la noire silhouette d'un vaisseau cachant une minuscule portion de la Voie Lactée. Mais l'amiral Walton eut un sourire de froide satisfaction en considérant la totalisation des rapports donnés par l'intégrateur sémantique.

« Nous les aurons bientôt nettoyés », dit-il. « Notre force de combat est double de la leur, et de plus ils sont désorganisés et démoralisés. »

« Contre qui nous battons-nous? » s'étonna Chang, le second de Walton.

« Impossible à dire exactement. Ils sont divisés en tant de factions... D'après le rapport de Flandry, je pense qu'il pourrait s'agir de la flotte de... je ne me souviens jamais de ce nom bizarre. Ah! oui, le duc Markagrav. Il est royaliste et tient ce secteur. Mais ce pourrait être Kelry, qui est également antiterrestre, mais révolté contre le roi et en guerre contre Markagrav. »

« Soleils, comètes et petits astéroïdes verts! » s'exclama Chang. « L'hégémonie de Scotha semble s'être littéralement désintégrée. Quel chaos! Tous en guerre entre eux, chacun contre tous les autres! Comment a-t-il fait? »

« Je n'en sais rien. » Walton sourit. « Mais Flandry est l'as de nos services secrets. Il accomplit des miracles entre la poire et le fromage. Il était chargé, seul, de mettre obstacle à la menace que représentait Llynathawr. Et savez-vous comment il a fait? Il s'est entouré d'un maximum de publicité, a crié sur les toits ce qu'il venait faire, a joué au parfait débauché dépensant les fonds publics pour son plaisir personnel. Ces barbares l'ont fait prisonnier sans jamais s'imaginer qu'il représentait une menace quelconque... Le jour où ils ont kidnappé le capitaine Flandry, ils ont commis leur plus grosse erreur. Ils auraient mieux fait d'essayer d'apprivoiser des cobras! »

Iuthagaar brûlait. Des foules hurlant de rage et de peur déferlaient dans les rues, rendues folles par la catastrophe. Ce qui restait de l'armée de Penda avait abandonné la ville et fuyait vers le nord devant les armées rebelles du sud, elles-mêmes harcelées par les guérilleros de Torric, survivants d'une armée écrasée par le comte Morgaar après l'assassinat de Penda par des agents de Kortan. Morgaar avait lui aussi trouvé la mort et ses rebelles avaient été décimés par

Nartheof. L'armée privée du comte, avide et corrompue, n'avait pu soutenir la contre-attaque royaliste.

Nartheof avait à son tour trouvé la mort, de la main de parents de Nornagast assoiffés de vengeance. Son passage au pouvoir suprême n'avait guère créé qu'une confusion qui s'était encore aggravée après sa mort. Actuellement, les royalistes étaient une force battue dont les restes étaient quelque part dans l'espace, en butte aux féroces attaques de leurs anciens alliés, repoussés par les planètes révoltées, et fuyant devant la flotte terrienne.

L'Empire de Scotha s'était brisé en mille fragments. Perdus dans un réseau d'intrigues et de trahisons d'une complexité inouïe, les chefs tombaient ou se rangeaient in extremis du côté de Terra. La guerre et l'anarchie enflammaient les étoiles. C'était plutôt une suite d'escarmouches qu'une véritable guerre, d'ailleurs. Il n'y avait plus assez de ressources et d'organisation pour vraiment faire la guerre.

Quelques gardes tenaient toujours le palais déserté, attendant que l'arrivée des humains mette un terme final à la lutte. Ils ne pouvaient faire que cela : attendre.

Debout près d'une fenêtre, le capitaine Flandry regardait la ville. Il ne ressentait aucun triomphe et il n'était d'ailleurs pas hors de danger. Cerdic était encore en liberté quelque part sur la planète, et il avait certainement découvert qui était responsable de ce qui se passait.

Gunli s'approcha de l'humain. Elle était très

pâle. La mort de Penda l'avait profondément bouleversée. Mais elle ne pouvait que poursuivre sur la voie dans laquelle elle s'était engagée.

« Qui l'aurait cru? » murmura-t-elle. « Qui aurait jamais pensé que les choses en arriveraient là, que la puissante Scotha se traînerait aux pieds de l'envahisseur? »

« Moi », répondit Flandry d'une voix terne. « Ces empires de pacotille ne durent jamais longtemps. Les barbares n'ont ni le talent ni les connaissances nécessaires pour les organiser. Ne songeant qu'au pillage, ils ne construisent jamais vraiment.

» De plus, Scotha était particulièrement vulnérable à ce genre de sabotage. L'honnêteté dont vous étiez si fiers a causé votre perte. En évitant soigneusement tout ce qui pouvait paraître déshonorant, vous êtes restés dans une totale ignorance de toutes les mesures de protection. Votre honneur n'a jamais été qu'un déshonneur en puissance. Il m'a suffi, en fait, de montrer à vos chefs que la trahison paie. S'ils avaient été réellement honnêtes, je n'aurais pas survécu à la première suggestion dans ce sens. Mais ils se sont révélés trop heureux de sauter sur l'occasion. Il fut donc facile de les monter les uns contre les autres, jusqu'au point de détruire toute confiance. » Son sourire était dénué de joie. « Bien peu de Scothani ont su résister à l'attrait de la trahison ou du meurtre lorsqu'ils étaient à leur avantage. Je t'assure, Gunli, que la majorité des Terriens auraient su regarder plus loin que le bout de leur nez et auraient entrevu la catastrophe finale. »

« Sans doute, Dominic... mais l'honneur n'en est pas moins l'honneur, et j'ai perdu le mien... comme tout mon peuple. » Gunli le regarda, et une lueur curieuse apparut dans son regard. « Le déshonneur, Dominic, ne peut se laver que dans le sang. »

Il se raidit de tout son corps, comme si un serpent venimeux venait de se dresser devant lui. « Que veux-tu dire? »

Elle lui avait arraché son atomiseur et elle reculait, hors d'atteinte. « Non, ne bouge pas! » Sa voix était dure et aiguë. « Tu es habile, Dominic, je le sais. Mais es-tu courageux aussi? »

Il resta pétrifié devant la menace. « Je pense... » Il chercha ses mots. Non, elle n'était pas folle, mais elle avait en elle le code fanatique de ces barbares. Doucement... la mort n'était qu'à un doigt... « Plusieurs fois déjà, j'ai risqué ma vie, Gunli. »

« Sans doute, mais tu ne t'es jamais battu, homme contre homme, comme il sied à un guerrier. » Son adorable visage était défiguré par la douleur et son souffle était devenu rauque. « C'est pour toi autant que pour lui, Dominic. Il doit avoir une chance de venger son père, lui-même, et Scotha. Et toi aussi, tu dois avoir une chance de prouver que tu es le plus fort et que le droit est de ton côté. »

La force fait le droit. C'était en fait la seule loi inviolable de Scotha. En revenir à l'ancienne loi de l'épreuve par les armes, ici, à tant d'années-lumière de la verte Terra...

Cerdic entra. Il tenait une épée dans chaque

main, et ses yeux injectés de sang brillaient d'une joie féroce.

« C'est moi qui l'ai fait entrer, Dominic », dit Gunli. Elle s'était remise à pleurer. « C'était mon devoir. Penda était mon seigneur, mais... tue-le, Dominic, tue-le! »

D'un geste convulsif, elle jeta l'atomiseur par la fenêtre. Cerdic lui jeta un regard interrogateur. D'une voix à peine audible, elle lui dit : « Je ne pourrais pas le supporter, Cerdic, et j'aurais risqué de vous tuer. »

« Merci! » Son ton était sauvage. « Je m'occuperai de toi plus tard, traîtresse. En attendant... » Un rire terrible jaillit de sa gorge. « Je vais te couper en petits morceaux, mon ami... Qui donc, parmi ces Terriens si civilisés, sait manier l'épée? »

Gunli parut sur le point de s'effondrer. « Oh! Dieux, dieux tout-puissants, je n'avais pas pensé à cela... »

Soudain, elle se jeta sur Cerdic, toutes griffes dehors, et essaya de lui arracher ses armes. « Vite, Dominic! » hurla-t-elle. « *Tue-le!* »

Le prince abattit son poing puissant et Gunli tomba à terre comme une masse inerte.

« Et maintenant », dit-il en souriant de toutes ses dents, « choisis ton arme! »

Flandry s'avança et prit une des épées à fine lame. Curieusement, il pensait surtout à la reine.

Souriant, le regard presque rêveur, Cerdic croisa le fer avec Flandry. « Cela me paiera de bien des choses », dit-il. « Bien avant de mourir, petit Terrien, tu ne seras plus un homme. »

L'acier résonna dans la grande salle. Flandry para une attaque vicieuse et érafla la joue du prince. Cerdic poussa un rugissement et se jeta en avant, précédé de sa lame meurtrière. Flandry recula en parant ses coups, jusqu'à se retrouver le dos au mur.

Ils restèrent un moment presque immobiles, lame contre lame, et peu à peu les muscles puissants de Cerdic firent ployer le bras de Flandry. Soudain, le Terrien céda, et l'acier du prince passa en sifflant au ras de son visage.

Le barbare n'avait plus aucune garde, et rien n'eût été plus facile que de porter le coup mortel, mais Flandry ne désirait pas le tuer. Les lames se croisèrent de nouveau, et Flandry para coup après coup, guettant sa chance.

Elle vint; un pas de côté inattendu, une torsion d'une habileté suprême... l'épée de Cerdic vola au loin. Désarmé, le prince resta pétrifié, la pointe de l'épée de Flandry sur la gorge.

Le Terrien éclata d'un rire rauque et dit : « Mon cher ami, vous aviez oublié que le goût de l'archaïsme est une des caractéristiques de toute société décadente. Il n'y a sans doute pas un noble dans tout l'Empire qui n'ait étudié l'escrime *scientifique.* »

D'une voix alourdie par la défaite, le prince parla : « Tuez-moi, alors, que ce soit fini. »

« Il y a déjà eu trop de morts, et vous pourrez m'être utile. » Flandry jeta son épée au sol et serra les poings. « Mais il y a une chose dont j'avais envie depuis très longtemps. »

En dépit de la défense puissante mais maladroite du Scothani, Flandry lui administra une raclée mémorable.

« Nous avons sauvé Scotha, Scotha tout entière », dit Flandry. « Réfléchis, Gunli. Que serait-il arrivé si vous aviez attaqué l'Empire? Même si vous aviez gagné – ce qui aurait été fort douteux car Terra est bien plus puissante que vous ne le pensiez – vous seriez certainement tombés dans la guerre civile. Vous n'étiez pas capables de diriger un empire : témoin le fait que vos alliés et vos vassaux se sont retournés contre vous à la première occasion. Vous vous seriez déchirés pour avoir la meilleure part, vos richesses auraient attiré d'autres pouvoirs, et Scotha aurait été mûre pour le pillage. Vous auriez fini par sombrer dans l'oubli et disparaître de la Galaxie. Le conflit a somme toute été minuscule; une invasion de l'Empire aurait fait bien plus de morts. Et maintenant, Terra vous apportera la paix à laquelle tu aspirais tant, Gunli. »

« Oui », murmura-t-elle, « nous méritions d'être conquis. »

« Vous ne l'êtes pas », dit-il. « Les sudistes tiennent Scotha, et Terra les reconnaîtra comme gouvernement légal... Tu resteras leur reine, Gunli. Certes, vous serez un état vassal de l'Empire, mais vous aurez toutes les libertés, sauf celle de piller et de tuer d'autres races, et le commerce avec l'Empire vous apportera une prospérité plus grande et plus durable que les conquêtes ne l'auraient jamais fait.

» L'Empire est décadent, sans doute, mais un jour il connaîtra une renaissance. Des peuples neufs et vigoureux comme le tien, guidés par l'ancienne sagesse de Terra, donneront peut-être à la Galaxie ses plus beaux jours de gloire. »

Elle lui sourit, et dans ce sourire transparaissait déjà un peu de la gaieté et de la chaleur humaine de jadis. « Je ne pense pas que l'Empire soit aussi malade que tu le dis, Dominic, pas tant qu'il aura des hommes comme toi. » Elle prit les mains de Flandry dans les siennes « Et que comptes-tu faire maintenant ? »

Il la regarda dans les yeux et eut douloureusement conscience de sa solitude. Elle était belle, très belle.

Il valait mieux partir maintenant, avant que ce beau souvenir soit terni par les heurts quotidiens de deux personnalités aussi différentes. Elle finirait par l'oublier, trouverait un autre homme à aimer. Quant à lui... « J'ai mon travail », dit-il.

Ils levèrent les yeux vers le ciel lumineux et pur. Loin au-dessus d'eux, le premier des vaisseaux impériaux brillait dans le soleil comme une étoile filante.

Les guerriers de nulle part

« Le crime », disait le capitaine Dominic Flandry, du Service de Renseignements de la Flotte Impériale Terrienne, « est exclusivement une question de degré. Si vous tuez votre voisin afin de lui voler sa propriété, vous êtes un assassin et un voleur, qui mérite d'être psychorévisé et réduit en esclavage. Si, par contre, vous assemblez une bande de solides gaillards, tuez deux ou trois millions de gens et leur prenez leur planète, vous êtes un grand conquérant, un héros de l'Empire et votre nom sera dans les livres d'Histoire. Tôt ou tard, cette contradiction trouve son chemin dans la conscience nationale et cause un désir de paix universelle. C'est ce que l'on nomme décadence, surtout chez les philosophes de l'Histoire, qui n'ont jamais mis le pied sur un champ de bataille. L'Empire traverse actuellement le premier stade de la décadence, époque à laquelle il fait bon vivre : paix, plaisirs en abondance, dans une société pas encore suffisamment pourrie pour que le chaos se soit installé. On pourrait dire que l'Empire est une banane sur laquelle apparaissent les premières taches brunes. »

Il ne fut pas mis en prison pour ces remarques, parce qu'il les faisait en privé, sur le balcon de son pavillon situé dans l'hémisphère sud de Varrak. Il était midi, heure habituelle de son petit déjeuner. Il avait posé ses jambes revêtues d'un pyjama flamboyant sur la balustrade et dégustait une tasse de café. Entre ses pieds, il pouvait apercevoir la pente de la montagne et la vallée verdoyante noyée de soleil. Son visage était maigre et son corps dur et musclé. Son travail l'exigeait. Il devait maintenir la stabilité d'un royaume menacé à la fois par la décomposition intérieure et l'agression extérieure.

Sa maîtresse du moment, Ella, lui tendit une cigarette et la lui alluma. C'était une blonde éblouissante qu'il avait achetée quelques semaines auparavant dans l'unique ville de la planète, Fort Désolé. Il avait appris qu'elle descendait d'anciens pionniers, des semi-aristocrates qui avaient connu des temps difficiles et avaient été vendus pour dettes. Il éprouvait de la sympathie pour les gens de cette sorte, mais il ne pouvait pas changer le système. Et Ella aurait pu tomber sur un plus mauvais maître.

Il but une gorgée de café, s'essuya la moustache et se replongea dans ses pensées. Une toux discrète le fit se retourner et il vit son valet, le seul autre être vivant dans son pavillon. C'était un frêle humanoïde de Shalmu, à la peau verdâtre dénuée de système pileux, à la queue préhensile et aux manières irréprochables. Flandry l'avait baptisé Ciboule et lui avait appris nombre de choses utiles en dehors de ses talents domestiques. « Excusez-moi, monsieur, mais l'amiral Fenross vous appelle de la ville. »

Flandry se leva en jurant. « Fenross! Que diable fait-il sur cette planète? Dites-lui... Et puis non. » Sans se presser, il se rendit au salon. Son supérieur et lui se haïssaient cordialement, mais Fenross ne téléphonait jamais à un homme en congé sans de bonnes raisons.

L'écran révéla un visage décharné, osseux, aux cheveux roux. De la sueur perlait entre les yeux sombres et ardents. « Ah! vous voilà. Mettez votre codeur, combinaison 770. » Lorsque Flandry eut effectué le réglage nécessaire, Fenross continua : « Congé annulé. Au travail. » Puis, la voix se cassant soudain : « Mais Dieu sait ce que vous pourrez faire. »

Flandry tira une bouffée de sa cigarette en creusant profondément les joues. « De quoi s'agit-il, amiral? »

« Le sac de Fort Désolé n'était pas un simple raid...

« Quel sac? »

« *Vous ne savez pas?* »

« Je n'ai pas ouvert la télé depuis une semaine, amiral. Je désirais me reposer. »

Fenross marmonna quelques mots inaudibles, puis reprit, la gorge serrée : « Hier, une horde de barbares a fondu sur la ville, détruit toutes les défenses et atterri. En trois heures de temps tout était en feu, et tout ce qui avait de la valeur, pillé. Ils ont également emmené un millier de citoyens, surtout des femmes. Ils ont filé avant que la base la plus proche soit même alertée. Impossible de dire d'où ils venaient ni où ils sont allés. »

Flandry jura de plus belle. Il connaissait la situation : le secteur du Taureau était une zone-tampon au-delà de laquelle s'étendait une jungle inexplorée d'étoiles grouillant de barbares qui avaient trop tôt acquis des vaisseaux spatiaux et des atomiseurs, et ne s'en servaient que pour piller. Ces Marches étaient toujours sur le pied de guerre, et les expéditions punitives succédaient aux raids. Mais une attaque contre Varrak! Cela paraissait difficilement croyable.

« Ce n'est pas notre domaine, amiral, à moins que l'on ne nous demande de les identifier », hasarda Flandry. « Pourquoi en appeler à moi? »

« A vous et à tous les hommes se trouvant dans le secteur. Écoutez-moi bien, Flandry : les barbares ont emmené Son Altesse Megan de Luna, princesse de sang et petite-fille favorite de l'Empereur! »

« Ah! c'est donc cela. » Flandry sentit ses muscles se raidir involontairement. « Je... vois. Quels indices possédez-vous? »

« Pas grand-chose. Un officier caché dans les ruines est parvenu à prendre quelques minutes d'enregistrement solido. Cela vous donnera peut-être une indication, si la division xénologique parvient à identifier les pillards grâce à cela. Mais néanmoins... » Fenross s'interrompit; cela lui coûtait visiblement, mais il finit par le dire : « Nous avons besoin de vous. »

« Je n'en doute pas un instant, mon cher chef. »

Flandry ne péchait pas par modestie. « D'accord, je viens. » Il coupa le circuit et retourna sur le balcon. Ciboule débarrassait la table et Ella fumait une cigarette. « A bientôt, les enfants. Je m'en vais. »

Ella le regarda de ses yeux semblables à de l'acier bleuté. « Que se passe-t-il, Nick? » demanda-t-elle calmement.

Flandry eut un rictus. « Je ne sais pas encore, mais je pense que l'on vient de me condamner à mort. »

C'était une vision de l'enfer.

Sur un fond de ruines chaotiques et fumantes, des barbares en armure s'agitaient. Certains étaient armés d'épées archaïques. L'image était centrée sur un dais sous lequel étaient exposées une douzaine de jeunes femmes, nues, à demi mortes de terreur, que l'on vendait. Un gnome inhumain, assis au centre, recevait métaux et pierres précieuses. L'une après l'autre, les malheureuses étaient entraînées vers un astronef circulaire.

Le film se termina. Flandry leva les yeux sur les ruines encore fumantes de Fort Désolé. Des *marines* impériaux montaient la garde, un poste de premiers secours avait été installé, un lourd croiseur spatial tournait lentement dans le ciel – mais tout cela arrivait trop tard pour être vraiment utile.

« Alors », demanda Fenross, « qu'en pensez-vous ?».

Flandry tourna le bouton du magnificateur; l'image solido d'un des pirates grandit devant lui. « Humains », dit-il, « sans le moindre doute. Tous, sauf cette espèce de nain. »

« Idiot! Comme si je ne le savais pas. Sans doute des descendants d'une ancienne colonie, retombés dans la barbarie. Ce ne serait pas la première fois... mais *qui* sont-ils exactement, et d'*où* viennent-ils? »

« Leur vaisseau est curieux. On en trouve d'analogues dans l'Empire Merséien. Des barbares imitant nos modèles n'obtiennent généralement pas ce résultat. »

Fenross eut un brusque sursaut et ses poings se serrèrent. « Si les Merséiens sont derrière cela... »

Flandry désigna le gnome. « Il faudrait savoir d'où ce grand beau jeune homme est originaire. Je vais consulter les archives. Mais ce raid est pour le moins bizarre. Varrak est à des années-lumière de la frontière, et il y a des dizaines de planètes plus tentantes et moins lointaines dans la jungle stellaire. De plus, les pillards savaient exactement où frapper pour détruire toutes nos défenses. Sans oublier qu'ils ont capturé la princesse. Tout cela me fait supposer qu'ils ont bénéficié d'une complicité dans nos rangs. »

« J'y avais pensé. Tous les survivants de la garnison sont soumis à un sondage hypnotique. Jusqu'à présent, ce n'est pas concluant. »

« Notre ennemi doit être trop malin pour laisser de telles traces. S'ils avaient des collaborateurs dans le fort, ils sont partis avec eux et seront portés “ disparus, présumés désintégrés pendant l’engagement ”. Dites-moi plus précisément ce qu’il en est de Son Altesse. »

« Elle faisait un voyage touristique dans les Marches. Ces crétins de Terra auraient dû avoir le bon sens de l’en empêcher... mais on ne résiste pas au caprice d’une altesse impériale. Elle voyageait incognito, accompagnée bien entendu d’un détachement des services secrets chargés d’assurer sa protection. Mais les pillards ont démantelé les murs du palais où elle était descendue, ont tué tous ses gardes et l’ont emmenée ainsi que ses suivantes. »

« Ce qui nous ramène à l’hypothèse d’une complicité. Pourquoi auraient-ils attaqué Varrak, sinon pour enlever la princesse? Et apparemment, ils savaient tout, jusqu’au moindre détail. » Flandry inhala nerveusement une bouffée de sa cigarette. « Quel est leur but selon vous? Obtenir une rançon? »

« J’aimerais qu’ils ne désirent que de l’argent! Mais j’ai peur. Ces rois barbares ne sont pas idiots, et je crains qu’ils n’exigent des concessions politiques et militaires. Surtout si, comme vous l’avez suggéré, il s’agit d’agents merséiens. Pour retrouver sa petite-fille, l’Empereur cédera. » Fenross se prit la tête entre les mains. « Et ce sera peut-être le commencement de la fin pour Terra. »

« Je suppose que Sa Majesté n’a pas encore été informée? »

« Évidemment pas! Je sais parfaitement que sa première réaction serait de faire exécuter quiconque pourrait éventuellement être responsable – ce qui inclut, pour le cas où vous ne le sauriez pas, vous et moi. Je pense que nous pourrons garder le secret pendant deux ou trois semaines, un mois au maximum. Si nous n'avons pas retrouvé la princesse d'ici là... » Fenross passa son doigt sur son cou d'un geste éloquent.

Flandry se renfrogna. Il aimait particulièrement la vie. « Quelles mesures avez-vous prises? » demanda-t-il.

« J'ai alerté tous nos agents. Nous allons passer la jungle au peigne fin, emplir d'espions tout ce fichu Empire Merséien. Mais... je crains que nous n'ayons pas assez de temps. L'espace est trop grand... » Fenross tourna un regard courroucé vers son subalterne. « Alors! Ne restez pas assis comme ça! faites quelque chose! »

Flandry répondit avec une insolence calculée : « Inutile de se mettre à deux sur la même piste, amiral... Mais j'ai une petite idée à moi, si vous voulez bien me donner carte blanche. Et il me faut l'accès aux archives, même les plus confidentielles. »

« Allez-y », marmonna Fenross. « Ça vous fera passer un bon moment. Profitez-en pendant que vous le pouvez encore. »

Flandry se leva. « Je pense que la perspective d'une petite récompense stimulerait mon esprit fatigué. »

Il réintégra son pavillon. Après tout, c'était l'endroit idéal pour ce genre de travail. Son récepteur pouvait recevoir sur circuit brouillé les téléstats en provenance des archives centrales; les renseignements étaient imprimés en code sur des feuilles qui s'auto-détruisaient en l'espace d'une heure. En robe de chambre et chaussons, Flandry parcourut des kilomètres de renseignements, dont certains avaient coûté des vies humaines et dont quelques-uns valaient bien un empire. Le rôle du Service de Renseignements était de connaître *tout* sur *tout le monde* dans *toute* la partie explorée de la Galaxie. Ciboule veillait à ce que son maître ne manquât jamais de café ni de cigarettes.

Ella arriva silencieusement derrière lui et posa une main sur son front. « Ne viens-tu donc jamais te coucher, Nick? »

« Pas encore », grommela-t-il. « Je suis sur la trace du soupçon d'une intuition. Et si je ne me trompe pas, il faudra faire vite; nous n'aurons certainement pas les deux semaines sur lesquelles compte notre bien-aimé Fenross, que le diable l'emporte! Notre ennemi veillera à ce que Sa Majesté apprenne la nouvelle bien avant cela. »

Elle inclina la tête, et s'assit à ses pieds. Lentement, le soleil se levait, faisant miroiter ses longs cheveux d'or.

« Étoiles, planètes et petits astéroïdes roses », marmonna Flandry. « Je tiens peut-être la solution. Les archives électroniques sont une invention merveilleuse. »

Ella le regarda sans mot dire. Il se caressa le menton. « Mais je ne sais vraiment pas quoi en faire... Autant se mettre la tête dans la gueule du loup. » Il se leva et fit quelques pas indécis. « Ciboule est un as dès qu'il a un fusil ou des outils de cambrioleur dans la main. Mais il me faudrait quelqu'un d'autre... »

« Je peux t'aider, Nic? » demanda Ella. « Je serais heureuse de le faire. Tu as été bon pour moi. »

Il la regarda. Grande, souple, belle.

« Ella », lui demanda-t-il soudain, « tu sais tirer? »

« Je chassais régulièrement le ferraze dans les montagnes », répondit-elle simplement.

« Écoute... aimerais-tu que je te donne la liberté? En plus, je rachèterais tous les membres de ta famille, et les installerais sur leurs propres terres. La récompense couvrira bien cela, et il me restera encore de quoi jouer au poker. »

Les yeux d'Ella s'étaient emplis de larmes. « Je... je ne sais comment te remercier. »

« Mais tu risques la mort, la torture, la dégradation – tout ce que l'esprit d'un fou assoiffé de pouvoir peut imaginer – si jamais nous échouons. Tu as tout à gagner, mais aussi tout à perdre. »

Elle se leva, et dit calmement : « Je sais. » Puis elle ajouta : « J'accepte. »

Il éclata de rire. « Parfait! Allons dans le parc, où tu vas me montrer ce que tu sais faire avec un fusil! Pendant ce temps, Ciboule fera les valises. »

La vedette privée de Flandry mit trois jours à atteindre Vor. Après avoir mis au point et répété ce qu'ils auraient à faire, il passa son temps à amuser ses compagnons, sachant parfaitement qu'il n'en aurait peut-être plus jamais l'occasion.

Vor était peuplée depuis les débuts de l'expansion impériale. C'était maintenant un monde riche qui servait de capitale au duc qui gouvernait le secteur du Taureau. Vor était comme une seconde Terra – moins grandiose, plus bruyante et plus commerciale – et le secteur lui-même était presque un empire dans l'Empire, puissant royaume qui s'étendait sur de nombreuses étoiles et dont le prince-gouverneur occupait une place de choix dans les conseils de l'Empire.

Flandry laissa Ciboule à bord de la nef et, grâce à un pourboire conséquent, obtint que le maître du port ferme les yeux sur l'armement de son vaisseau, quelque peu surprenant pour une vedette privée. Flandry et Ella allèrent en ville et retinrent dans un des meilleurs hôtels un appartement avec terrasse. Flandry ne lésinait jamais sur la dépense, mais cette fois il avait une bonne raison : la terrasse pouvait accueillir sa vedette spatiale si jamais un départ précipité devenait nécessaire.

Dans la soirée, il appela le palais ducal et parvint à obtenir le premier secrétaire. « Capitaine Dominic Flandry, du Service de Renseignements de Sa Majesté », déclara-t-il pompeusement au visage efféminé qui lui faisait face. « Je désire une audience avec Sa Grâce. »

« Je suis désolé, monsieur, mais je crains que... »

Un signal sonore retentit derrière le secrétaire.

« Excusez-moi. » Le personnage s'adressa à un écran situé hors de vue. Lorsqu'il se retourna vers Flandry, son expression était devenue obséquieuse. « Certainement, capitaine. Sa Grâce sera heureuse de vous recevoir demain à 14 heures. »

« Parfait », dit Flandry. Il coupa et se tourna vers Ella. « C'est concluant », lui dit-il. « Quelqu'un suivait la conversation et, dès que j'ai eu prononcé mon nom, ce quelqu'un a fait savoir au secrétaire que ma présence était fortement désirée au palais... ou, disons, qu'une invitation aurait pour effet d'endormir mes soupçons. »

Les lumières étaient éteintes, mais la clarté de l'unique lune de Vor lui permit de voir qu'Ella se mordillait les lèvres. « Cela paraît plutôt mauvais », dit-elle.

« Cela confirme ma thèse », rétorqua Flandry. « Suis-moi bien. » Il reprit tout ce qu'il lui avait déjà exposé dix ou douze fois. « Le Service de Renseignements sont hautement efficaces, mais seulement s'ils savent dans quelle direction chercher. Or, ce kidnapping a été conçu de telle façon que Fenross cherche dans des centaines de directions différentes, dont aucune n'est la bonne. Il se jette dans une tâche impossible, qui consiste à fouiller un million d'étoiles barbares, sans compter l'immense et hostile Empire Merséien. Mais, ayant un vilain esprit suspicieux, je me suis dit qu'il pouvait y avoir dans notre propre Empire des éléments qui ne seraient pas fâchés d'offrir l'hospitalité à la petite-fille favorite de l'Empereur.

» Ce vaisseau spatial de forme inhabituelle était

destiné à diriger les soupçons sur Merséia, mais cela m'a semblé peu probant : Merséia est trop loin et n'aurait jamais pu obtenir des informations aussi précises. D'autre part, des pillards ordinaires ne se seraient jamais attaqués à Varrak. Qui donc dirigeait ces humains, et qui les payait ?

» Le petit gnome m'a donné une indication. Les archives ne contiennent aucune information précise sur des êtres de cette race, mais j'ai appris que Sa Grâce, le duc Alfred du Taureau, possédait nombre d'êtres étranges, dont certains en provenance de régions inconnues où peu de navires humains se sont jamais aventurés.

» Voilà ce qui me paraît logique ; sous peu, un roi barbare demandera, en rançon de la princesse Megan, un bon morceau de ce secteur. Elle sera sans doute rendue alors, la mémoire nettoyée de tous les événements récents. Par la suite, l'Empereur déclarera la guerre au roi barbare pour reconquérir les territoires " donnés "... mais ce roi sera une créature du duc Alfred, et le plus gros de la campagne sera mené par les propres forces d'Alfred qui, tout en protestant de sa loyauté, veillera à ce que nous perdions et la guerre et une portion supplémentaire du Taureau. Plus tard, ôtant le masque, il se déclarera souverain indépendant, ou conclura une alliance avec un empire rival, Merséia, par exemple. Dans un cas comme dans l'autre, nous aurons perdu les meilleurs bastions de l'Empire.

» C'est du moins », termina Flandry, « ainsi que j'agirais à sa place. »

Ella frissonna et lui jeta un regard éperdu. « La guerre », murmura-t-elle. « Tuer, brûler, piller, emmener en esclavage... Non! »

« C'est à nous d'empêcher cela. Je ne peux pas faire part de mes soupçons à Fenross; il n'est pas certain qu'il me croie, et de plus des agents d'Alfred ont dû s'infiltrer dans nos rangs. Il prendrait immédiatement des mesures pour nous neutraliser; et nous nous retrouverions en prison pour haute trahison. En annonçant ma présence ici, j'ai dû alarmer Sa Grâce, et elle veut s'assurer si je suis réellement sur la bonne piste... »

Une ombre passa devant la lune. Flandry jeta un regard prudent par la fenêtre. Au-delà du gratte-ciel, le ciel resplendissait de millions d'étoiles dont les feux se mêlaient aux lumières de la ville, qui montaient jusqu'à la forteresse ducale. Et... un véhicule atterrissait sur la terrasse.

« Ils n'ont pas perdu de temps », murmura Flandry en dégainant. « Le duc n'a apparemment pas eu la patience d'attendre jusqu'à demain. »

Ella berçait une courte carabine dans ses bras. A la lumière froide de la lune, son visage prenait une expression sculpturale, dure et irréelle. « Ils sont peut-être innocents », dit-elle.

« S'ils l'étaient, ils n'auraient pas atterri ici sans s'annoncer. » Une demi-douzaine de silhouettes s'avançaient vers l'appartement. Parfois, on percevait un éclat de métal brillant. « De vulgaires assassins à solde, sans doute. Donnons-leur ce qu'ils méritent. »

L'éclair de l'atomiseur transperça la fenêtre et

un homme s'écroula, environné de flammes. Les autres s'éparpillèrent en hurlant. Ella tira, et une silhouette grotesquement contorsionnée bascula par-dessus le parapet. Des balles rebondirent sur les murs.

« S'il s'agissait d'innocents voleurs, la police aurait déjà fondu sur eux », fit remarquer Flandry. « Mais elle a reçu ordre d'éviter ce secteur. » Ses narines se dilatèrent. « Des gaz soporifiques. Vite, les masques! »

La bataille traîna quelques minutes, puis deux hommes firent sauter la porte avec une grenade et se précipitèrent dans le salon. Ella les faucha tandis que Flandry continuait à tirer par la fenêtre. Puis le silence retomba.

« Voilà », dit Flandry laconiquement, la voix étouffée par le masque. « Du travail d'amateurs. L'ami Alfred sera consterné. Cela lui donnera le temps d'imaginer quelque chose de vraiment diabolique. Je suppose que le directeur de notre hôtel a également reçu ordre de ne s'inquiéter de rien. » Il décrocha le récepteur de service. « Allô, la réception? Il y a eu un peu de désordre chez nous. Pourriez-vous envoyer quelqu'un pour nettoyer? »

La salle des audiences était immense, et les anciens ducs l'avaient meublée d'or et de tapis avec un luxe impressionnant. L'actuel maître des lieux ne s'était pas donné la peine de changer le décor, mais sa personnalité austère se révélait dans quelques fauteuils dénués de confort et deux rangées de gardes immobiles. Flandry se sentait tout petit, mais il s'avança vers le trône avec sa désinvolture coutumière et s'inclina très bas devant le duc. Son uniforme chamarré et son épée de cérémonie contrastaient avec les sombres vêtements du duc.

Alfred était grand et musclé, avec un soupçon de ventre, mais son visage à la barbe grise était dur et carré. Flandry l'avait rencontré quelques années auparavant et l'avait catalogué « dangereux ».

« Soyez le bienvenu », dit Alfred, mais sa voix et son expression fermée contredisaient ses paroles. « Qui avez-vous amené? » Il désignait Ella, qui s'était aplatie sur le tapis dans une attitude de soumission abjecte.

« Un petit cadeau pour Votre Grâce », dit Flandry. « J'espère qu'elle vous amusera. » Son geste n'avait rien de suspect; de tels cadeaux étaient la coutume, et on les avait passés aux rayons X avant de les admettre.

« Mmm... » Les yeux du duc brillèrent d'un éclat appréciateur. « Regarde-moi, fille. » Ella leva timidement les yeux. Elle était une atrice extraordinaire, comme Flandry avait maintes fois pu s'en rendre compte. « Très bien. Emmenez-la au harem. » Un gigantesque esclave gorzunien à quatre bras s'inclina front contre terre puis emmena Ella.

« A quel sujet vouliez-vous me voir? » demanda Alfred.

« Une bagatelle, Votre Grâce, mais peut-être vos renseignements pourront-ils aider nos services. »

Et Flandry conta une histoire fort plausible, selon laquelle il était sur la piste d'agents merséiens chargés de fomenter des discordes dans les provinces extérieures. Il mentionna en passant la bataille de la nuit passée, preuve, affirma-t-il, que les Merséiens essayaient de le supprimer. Peut-être le duc avait-il eu vent de leurs activités? S'étaient-ils déjà manifestés dans ses possessions?

Non, il n'était au courant de rien. Si jamais il apprenait quelque chose, il le ferait savoir au Service de Renseignements. En attendant, un programme chargé l'attendait. « Au revoir, capitaine. »

Flandry se retira. Lorsqu'il eut franchi les portes du palais, il poussa un soupir de soulagement. Mais Alfred ne s'estimerait pas quitte. Il tenterait de nouveau de le capturer et ferait effectuer un sondage hypnotique pour apprendre ce qu'il savait réellement. Et cette fois, il ne ferait pas confiance à des amateurs.

Flandry se rendit au bureau local de son service et fit un rapport sur sa prétendue mission. Alfred ferait certainement vérifier. Puis, subrepticement, il reprit des armes et une trousse réglementaire de déguisement qu'il avait déposées là auparavant.

Il dîna dans un restaurant, seul, pensant nostalgiquement à Ella, et s'attarda au dessert. Deux hommes étaient entrés peu après lui, et ils avaient pris une table proche de la sienne.

Flandry les détailla du coin de l'œil. L'un était petit et paraissait intelligent; l'autre était un grand costaud dont le maintien révélait le soldat. Sans doute un garde ducal en civil. Celui-là ferait l'affaire.

Flandry paya et sortit. Les deux hommes suivirent, se dissimulant dans la foule. Il aurait facilement pu les semer, mais telle n'était pas son intention. C'étaient des braves, et ils méritaient qu'on les aide un peu.

Il arrêta un taxi et demanda au chauffeur s'il connaissait des boîtes. « Vous savez, avec de la musique et des filles, ce qu'il faut, quoi. Mais quand même pas trop cher. »

« On va vous trouver ça », dit le pilote en souriant. Le taxi s'éleva et se dirigea vers les taudis de la banlieue. Il alla se poser au vingt-cinquième niveau d'un haut immeuble couvert d'annonces lumineuses criardes et obscènes. Un autre taxi se posa peu après.

Flandry passa un bon moment au bar, amusé par l'embarras de ses « protecteurs », puis il choisit une fille, une grande maigre avec une bouche rouge et insolente. Elle se frottait contre lui pendant qu'ils suivaient le couloir. Une porte s'ouvrit; ils entrèrent dans une chambre.

« Désolé, petite », dit Flandry en lui décochant un rayon paralysant d'intensité moyenne. Elle en avait pour plusieurs heures. Il l'étendit sur le lit et se tint prêt, l'arme à la main.

Ils ne le firent pas attendre longtemps. La porte s'ouvrit. Ils avaient dû acheter ou menacer la patronne. D'une brève décharge il se débarrassa du petit.

Le grand bondit sur lui comme un tigre et

réussit à lui faire lâcher son arme. Flandry lui donna un violent coup de genou... et faillit se briser la rotule. L'homme portait une armure sous ses vêtements. Il plaqua Flandry contre le sol, mais celui-ci réussit à se dégager. Il roula sur le côté et assena sur la nuque de son adversaire un coup à assommer un bœuf.

Haletant après cet effort, Flandry hésita un moment. Le plus prudent serait de les tuer, mais... Il se décida pour une injection qui les mettrait hors d'état de nuire pendant un bon bout de temps. Il ouvrit la fenêtre, gagna la plate-forme de secours et appela un taxi par son bracelet-téléphone. Il accueillit le chauffeur avec son atomiseur.

« J'ai trois bonshommes endormis à enlever », lui annonça-t-il joyeusement. « Pas d'hésitation, sinon il y aura un cadavre de plus à la morgue. C'est vous qui les chargez. »

Ils s'éloignèrent de la ville et atterrirent dans une région boisée. Flandry endormit le chauffeur et étendit ses quatre victimes sous un arbre. Il les déshabilla et prit sa trousse. La machine à identifier se mit au travail, enregistrant tous les détails de l'apparence physique du grand garde. Lorsqu'il eut terminé, il jeta son butin dans le taxi et décolla. Ils ne se réveilleraient pas avant le lendemain et, sans argent ni vêtements, il leur faudrait au moins un jour de plus pour gagner un lieu habité. D'ici là, tout serait terminé... bien ou mal.

Tandis que l'autopilote le ramenait vers la ville, Flandry étudia les papiers du garde. Peu avant d'arriver, il abandonna le taxi et en prit un autre pour gagner le spatiodrome, qui foisonnait, bien entendu, d'agents ducaux. Ils le virent monter dans sa vedette privée, accomplir les formalités de départ pour l'espace interstellaire, et décoller. Sans doute considérait-il sa mission terminée, ou bien avait-il pris peur et se hâtait-il de regagner un lieu sûr. Le principal était que l'ennemi pense qu'il ait abandonné, ce qui faciliterait beaucoup les choses.

Ce que les agents ne virent pas, c'était que, dans la vedette, Ciboule œuvrait en hâte pour déguiser le Terrien. On peut faire beaucoup de choses avec des masques faciaux en plastique, de fausses empreintes digitales et autres détails. Un examen approfondi aurait naturellement dévoilé très vite la supercherie, mais Flandry espérait bien qu'il n'y en aurait pas. Lorsque ce fut terminé, il était devenu le lieutenant Roger Bargen, de la garde privée du duc. Le vaisseau atterrit à une cinquantaine de kilomètres de la ville que Flandry regagna par monorail.

Il entra au palais, négligeant de se présenter à son colonel. La mission dont était chargé Bargen était évidemment secrète, et personne ne devait être au courant. S'il agissait normalement et évitait les conversations, personne ne se douterait qu'il y avait quelque chose d'anormal. Bien sûr, la supercherie ne pourrait durer que quelques heures, mais Flandry était prêt à parier qu'il ne lui en faudrait pas davantage.

Seulement, se dit-il sombrement, *c'est ma vie qui est en jeu.*

Ella l'esclave, qui avait été Ella McIntyre, femme libre des collines de Varrak, n'aimait pas le harem. Elle espérait que le duc ne la ferait pas appeler dès ce soir. Sinon... soit, c'était une partie du prix qu'elle devait payer. Mais on la laissa tranquille. Il y avait une sorte de luxueux dortoir réservé à ses pareilles, des salons pour se délasser, et de silencieux esclaves non-humains pour veiller à leurs besoins. Les autres femmes ne manifestaient guère de curiosité à son égard : il devait souvent y avoir de nouvelles arrivées.

Mais il fallait qu'elle lie connaissance, et vite. Le harem était l'endroit idéal pour cacher la prisonnière, puisque le secret y était la règle. Elle choisit une fille d'apparence vive et alerte et s'approcha d'elle avec un sourire timide. « Bonjour. Je m'appelle Ella. »

« Fraîchement arrivée, je suppose? »

« Oui. Je suis un " cadeau ". Comment est-ce, ici? »

– « Pas trop mal; on s'y fait. Mais on s'embête. » Ella frissonna en pensant qu'elle risquait de passer sa vie entière entre ces murailles. Pour satisfaire la curiosité de sa nouvelle amie, elle passa des heures à lui raconter ce qui se passait au-dehors.

La conversation prit enfin le tour qu'elle escomptait. Oui, il se passait quelque chose d'étrange. Le grand appartement ouest avait été condamné, et un détachement de la garde le surveillait jour et nuit. L'appartement devait abriter une nouvelle venue d'importance, mais aucune des filles n'avait réussi à apprendre de qui il s'agissait.

Ella fit un effort surhumain pour cacher sa tension. « Vous n'en avez vraiment aucune idée »? demanda-t-elle sur un ton léger.

« Vraiment aucune. Peut-être une créature d'une autre race? Sa Grâce a de drôles de goûts... vous ne tarderez pas à vous en apercevoir, ma chère. »

Ella se mordit les lèvres.

Elle ne put fermer l'œil de la nuit. Les épaisses ténèbres de velours étaient lourdes d'encens; elle crut étouffer et dut se retenir pour ne pas hurler, pour ne pas fuir, fuir entre les étoiles jusqu'à ses bien-aimées collines de Varrak. Une vie entière sans voir le soleil, sans sentir le vent sur son visage! Elle regrettait déjà d'avoir accepté d'aider Flandry.

Mais s'il vivait encore et venait la trouver, elle pourrait lui apprendre ce qu'il désirait savoir. Et même alors, que feraient-ils, cernés au milieu d'une forteresse? Flandry serait tué. Et elle...

Au matin, l'aube froide des tubes fluorescents s'alluma. Ella se baigna dans la piscine et déjeuna sans savoir ce qu'elle mangeait. Elle se sentait terriblement mal. Quelle mine devait-elle avoir?

Une main écailleuse se posa sur son épaule. Elle se retourna et poussa un cri aigu en se trouvant face à face avec un visage de reptile armé d'un bec crochu, qui laissait échapper des paroles sifflantes : « Vous êtes la nouvelle concubine? »

Elle avait la gorge si serrée qu'elle ne put répondre.

« Venez. » Tête basse, elle suivit l'effrayant garde. Les bavardages s'étaient tus dans le harem, et les filles la regardaient passer avec des yeux apeurés.

Après avoir suivi d'interminables couloirs, ils parvinrent à une porte qui s'ouvrit sur un geste du garde, qui la fit entrer et la suivit. La porte se referma.

Au centre de la petite pièce nue se trouvait un fauteuil muni de courroies et un tableau de commandes. Ella reconnut une machine à torturer électronique, qui ne laissait pas de traces visibles. Dans un autre fauteuil était tapi un être qui n'était pas humain. Des robes somptueuses drapaient son petit corps bossu et de grands yeux sans éclat mangeaient son visage bouffi et imberbe.

« Prenez place. » Une main décharnée contrastant curieusement avec sa grosse tête lui désigna le siège électronique. Résignée, Ella s'assit. « J'ai à vous parler, et vous ferez bien de me répondre avec franchise. » La voix était aiguë et grinçante, mais le personnage ne prêtait guère à rire. « Pour votre information, je suis Sarlish, de Jagranath, loin de l'Empire; je suis le chef du Service de Renseignements de Sa Grâce. Vous comprenez donc qu'il ne s'agit pas d'une simple routine. Vous avez été amenée ici par un homme dont j'ai des raisons de me méfier. Pourquoi? »

« J'étais... un... cadeau », parvint-elle à murmurer.

« *Timeo Danaos et dona ferentes* », dit Sarlish, révélant une surprenante culture. « Je ne l'ai appris que ce matin, sans quoi je vous aurais fait venir plus tôt. Vous êtes une simple esclave, rien de plus? »

« Oui... monsieur. Il m'a achetée sur Varrak avant de m'amener ici. »

« Varrak, hein? J'aimerais vous soumettre à un sondage hypnotique, mais vous ne seriez pas en état d'amuser Sa Grâce ce soir, à supposer que vous soyez innocente. Je me demande... » La main décharnée vint caresser le gras menton. « Oui, une petite dose de souffrance désorganisera suffisamment votre esprit pour vous empêcher de mentir avec consistance. Ensuite, nous verrons ce qu'il faut faire. Je suis désolé. » Il fit signe au garde.

Ella se leva en hurlant. Le garde l'empoigna mais elle se libéra d'un coup de pied bien placé, puis se précipita vers la porte. Au moment où elle l'ouvrait, les mains écailleuses la saisirent par les bras. Elle fit volte-face et lui enfonça les doigts de sa main libre dans les yeux. La douleur lui fit lâcher prise.

« Ah! c'est ainsi », susurra Sarlish en levant une arme de forme bizarre.

« Non, non, mon petit, pas cela », dit une voix venant de la porte.

Sarlish se retourna et se trouva face à un atomiseur braqué sur lui. Il abaissa son arme, en s'exclamant : « Bargen! » Puis, plus lentement : « Non... Le capitaine Flandry, n'est-ce pas? »

« En personne, et arrivant juste à point nommé,

comme il se doit. » Le garde, qui avait retrouvé l'usage de ses yeux, se jeta sur lui, mais Flandry l'abattit d'une brève décharge. Sarlish bondit de sa chaise avec une vivacité fantastique et se jeta sur ses jambes, l'entraînant au sol avec lui. Ella s'assit sur le dos du gnome et lui serra le cou pour tenter de dégager Flandry. Soudain, la fragile colonne vertébrale de l'être céda et, après un dernier soubresaut, il s'immobilisa.

« Bravo! » la félicita Flandry en se relevant. Il arracha son masque facial. « Ouf! Ça tient trop chaud. Alors, as-tu trouvé notre princesse? »

« Par ici. » Un bref éclair de triomphe l'envahit. Elle se baissa pour prendre l'atomiseur du garde. « Je sais où elle est. Mais pourrons-nous...? »

« Seuls, non, mais Ciboule doit venir à la rescousse... s'il arrive à nous retrouver dans cette forteresse. Nous avons tout prévu dans l'hypothèse où tu réussirais... » Flandry zigzagua pour éviter une bande de filles hurlantes et surexcitées. « Bigre! Pas étonnant que tous les gardiens du harem soient non-humains. »

« C'est derrière ce mur, mais pour entrer il faut faire le tour par le vestibule de la grande salle... »

« Trop dangereux. Perce-nous un passage, Ella. Pendant ce temps, je vais protéger nos arrières. » Il se mit à entasser des pièces de mobilier pour édifier une barricade rudimentaire.

Le plastique commençait à bouillonner et à fumer. Ella décrivait lentement un grand cercle avec son atomiseur. Flandry continua : « Je me suis introduit ici en disant que je devais chercher quelqu'un. Je suppose que ça a pris parce que personne n'oserait entrer au harem sans ordre exprès du duc. Puis une fille m'a dit où tu étais. Mais ce n'est que le début. J'espère seulement que Ciboule nous localisera à temps et ne se fera pas abattre par la défense antiaérienne. » Son regard suivit le canon de son atomiseur, pointé sur le fond de la salle. « Les voilà! »

Flandry régla le rayon de son atomiseur à la cohésion maximum. Un des gardes s'écroula. Un rideau de feu s'éleva devant les autres. La chaleur devenait insoutenable. Méthodiquement, Flandry visait et tirait, abattant un homme après l'autre. Mais les gardes poursuivaient leur avance, et bientôt la position deviendrait intenable. « Ella, vite...! »

« Ça y est! » Elle recula tandis qu'une portion du mur s'écroulait. Une goutte de plastique bouillant rejaillit et lui brûla le bras. Elle se précipita dans l'ouverture, sans prendre garde aux bords encore brûlants. Flandry suivit.

Une femme était blottie contre le mur opposé, la bouche grande ouverte de terreur. Ses cheveux étaient noirs, et son visage dénué d'expression témoignait de son sang impérial. « Dame Megan? » lui demanda Flandry sèchement.

« Oui, murmura-t-elle d'une voix geignarde. « Qui êtes-vous? »

« Nous sommes venus vous sauver, Altesse... du moins, je l'espère. » Flandry déchargea son arme dans l'ouverture béante. Un hurlement atroce s'éleva. Il se demanda amèrement combien de braves avaient déjà perdu la vie à cause des lubies d'une enfant gâtée. Et sans doute Ella et lui seraient-ils bientôt du nombre.

La porte s'ouvrit. Instantanément, Ella tira. Dans un bruit de tonnerre, des chairs, des os et des armures se désintégrèrent. Flandry mit un sofa debout contre la porte. Pauvre protection, mais qui leur donnerait peut-être quelques minutes de répit. Il tourna son visage couvert de suie et de sueur vers la princesse. « Je suppose que vous savez qui vous a kidnappée? »

« Oui. » Elle détourna les yeux. « Mais il n'allait pas me faire de mal. »

« C'est ce que vous pensez. Il se trouve que je sais de façon formelle qu'il avait l'intention de vous tuer. » Ce n'était pas vrai, mais c'était utile. Ainsi, s'ils survivaient, Megan ne le ferait pas emprisonner pour l'avoir mise en danger. Elle marmonna même quelque chose ayant trait à une récompense. Espérons qu'elle s'en souviendra, pensa Flandry.

Ils avaient un avantage : le duc ne pouvait pas risquer de tuer sa prise. Mais... il mit un masque à gaz et en donna à ses compagnes.

L'autre mur devint incandescent; on y découpait un cercle suffisamment grand pour laisser passage à dix hommes. Ils pourraient arrêter la première vague, mais ensuite ce serait la fin.

Une fumée lourde et écœurante emplit la pièce. Il faisait très chaud, et l'air sentait aussi la sueur et le sang. Flandry eut un sourire qui était plutôt un rictus. « Bien, chérie », dit-il, « nous avons fait ce que nous avons pu. » Une seconde, la main d'Ella vint caresser ses cheveux.

A l'extérieur, des explosions aboyèrent. Le palais trembla; des murs s'écroulèrent; le vacarme des fusils et des atomiseurs s'enfla, atteignant un nouveau paroxysme.

« Ciboule! » s'exclama Flandry.

« Comment? » s'étonna la princesse à mi-voix.

« Ciboule », répéta Flandry. « Il faudra que je vous le présente, Altesse. Une noble âme. Il... comment diable a-t-il fait? »

Dehors, un volcan fit irruption; les murs virèrent au rouge, puis ce fut le silence.

Flandry fit tomber le sofa en flammes et risqua un coup d'œil dans le couloir. Il ne vit que des ruines, résultat d'un tir à bout portant par un canon atomique de la Flotte. Au-delà de plusieurs séries de murs et de plafonds détruits, on apercevait un cercle de ciel bleu. Planant au milieu des décombres, se trouvait sa propre vedette spatiale.

Flandry émit un sifflement admiratif. « Ciboule », dit-il, « s'est tout simplement précipité à toute allure sur la forteresse et s'est frayé un chemin avec ses canons, éliminant du même coup la garde du duc. »

Le sas s'ouvrit, et une tête vert pâle en émergea. « Excusez-moi, monsieur », dit Ciboule, « mais il faudrait nous hâter. L'alarme est donnée, et ils ont des vaisseaux de guerre. »

Il fit descendre une échelle. Flandry et les deux filles montèrent en toute hâte, le sas se referma derrière eux et le vaisseau décolla avec un rugissement assourdissant. Derrière eux, un croiseur militaire prenait l'air.

« Comment avez-vous réussi à nous trouver? » demanda Flandry sans masquer sa stupéfaction. « Quand je vous avais appelé, je ne savais même pas encore où se trouvait le harem. »

« Je pensais que vous vous battriez », dit Ciboule modestement. « Les atomiseurs ionisent l'air, et je me suis orienté grâce au détecteur de radiations. » Il mit l'autopilote et se rendit à la cambuse.

Flandry regarda la planète s'éloigner sur les écrans. « Ce croiseur... » commença-t-il, puis il se reprit : « Non, nous le distançons : regardez le radar. Ce petit engin a un moteur du tonnerre. »

Son regard revint à ce qui l'entourait. Ella s'efforçait de calmer une Megan hystérique. Elle le regarda et il vit une lueur de triomphe dans son regard.

« La seule chose qui m'inquiète », dit-il, « c'est qu'Alfred se révolte ouvertement, maintenant qu'il est démasqué. Dans ce cas, il est probable que Merséia l'appuierait, et nous aurions une vraie guerre sur les bras. »

Ciboule revenait de la cambuse. « Sa Grâce dirigeait l'assaut contre votre camp retranché, monsieur », dit-il, « et, en tirant sur ses soldats, je crains d'avoir pris la liberté de désintégrer Sa Grâce en personne. Son Altesse prend-elle du lait ou du citron dans son thé? »

Honorables ennemis

1

La porte s'ouvrit derrière Flandry, et une voix douce murmura : « Bonsoir, capitaine Flandry. »

D'un seul mouvement, il dégaina et se retourna, pour se trouver face à un atomiseur. Il laissa retomber les bras et examina la main à six doigts qui tenait l'arme, puis le corps grand et décharné, et enfin le visage au sourire sardonique.

C'était un visage humanoïde : une peau dorée tendue sur une ossature prononcée, un nez crochu, des yeux brillants couleur d'ambre et des sourcils bleutés, de même que les plumes qui se dressaient sur le crâne étroit. L'être portait la simple tunique blanche de son peuple, laissant nus ses grands pieds d'oiseau, mais il arborait autour du cou les riches insignes de son rang, et une cape pareille à un flot de sang.

Flandry avait pourtant veillé à ce qu'ils soient tous occupés ailleurs... Quelle erreur avait-il commise?

Il fit un effort pour se détendre, et même sourire. Peu importait l'erreur; il était pris au piège, chez les Merséiens, et devait trouver un moyen de ne pas y laisser sa peau. Les pensées se pressèrent dans son esprit. La mémoire lui revint : oui, c'était Aycharaych de Chéréion, arrivé depuis quelques jours seulement à l'ambassade merséienne, pour une mission sans doute parallèle à la sienne.

« Excusez mon intrusion », dit Flandry. « Elle était purement professionnelle. J'espère ne pas vous avoir offensé. »

« Nullement », dit Aycharaych poliment. Il parlait un anglique, avec juste un souvenir des accents rauques de sa langue. Mais la politesse entre espions ne signifie pas grand-chose. Il serait facile de tuer l'intrus et, par la suite, d'exprimer son immense regret d'avoir supprimé l'as des services secrets de l'Empire Terrien, l'ayant par mégarde pris pour un vulgaire cambrioleur.

Pourtant, Flandry eut l'impression que le Chéréionite ne se rendrait pas coupable d'une telle faute de goût. Ce peuple mystérieux était trop vieux, trop civilisé, et Aycharaych était réputé pour sa subtilité. Sans doute lui réservait-il pire.

« Parfaitement exact », acquiesça Aycharaych. Flandry sursauta. Était-il capable de lire ses pensées? « Sans vouloir vous offenser, je pense qu'il n'était pas très habile de venir fouiller nos bureaux. Il existe de meilleurs moyens de s'informer sur notre compte. »

Flandry estima l'angle et la distance. Il y avait

un vase sur la table. S'il pouvait s'en servir pour le désarmer...

Le Chéréionite fit un geste négligent avec son arme. « Je ne vous le conseillerais pas. » Puis il fit un pas de côté. « Bonsoir, capitaine Flandry. »

Le Terrien fit un pas vers la porte. Il ne pouvait pas se laisser jeter dehors comme cela, alors que sa mission entière dépendait de ce qu'il pourrait apprendre sur les intentions des Merséiens. Si, en passant près de lui...

Il plongea dans les jambes du Chéréionite, sous l'arme mortelle. Gêné par une gravité plus forte que celle de sa planète natale, Aycharaych ne put l'éviter à temps, mais le frappa à la mâchoire avec la crosse de son atomiseur. Le Terrien s'agrippa à ses vêtements pour ne pas tomber. Avec une précision diabolique, Aycharaych le frappa à la nuque. Il s'écroula.

Il resta étendu un moment, haletant, le visage couvert de sang. La voix du Chéréionite rugit dans les ténèbres : « Vraiment, capitaine Flandry, j'avais une meilleure opinion de vous. Et maintenant, sortez, je vous prie. »

Tête basse, à moitié aveuglé, le Terrien obtempéra.

Aycharaych le regarda s'éloigner. Un imperceptible sourire se dessinait sur son visage dur et émacié.

Flandry suivit d'interminables couloirs de pierre polie et parvint enfin au luxueux appartement réservé à la mission terrienne. Il n'y avait pour ainsi dire personne : tous les membres de la mission étaient à la réception. Il se jeta dans un fauteuil et appela son esclave personnel pour se faire apporter un whisky.

Derrière lui, il perçut un pas léger, accompagné du murmure suggestif d'une longue jupe de silkite. Aline Chang-Lei, Dame Marr de Syrtis. Elle était sa partenaire dans cette mission et l'un des meilleurs agents secrets de Sol.

Elle était grande, mince, avec des yeux aussi noirs que ses cheveux, des pommettes hautes et une peau d'ivoire – résultat d'une ascendance mixte comme en avaient la plupart des Terriens en cette époque. Sa robe outre-mer mettait admirablement en valeur un corps qui le méritait bien. Flandry aimait la regarder, bien qu'il eût fini par s'immuniser contre la beauté féminine.

« Que s'est-il passé? » demanda-t-elle sans préliminaires.

« Que faites-vous ici? » rétorqua-t-il. « Je croyais que votre rôle était de distraire les hôtes de la réception. »

« J'avais besoin d'un moment de repos. Sur Sol, les fonctionnaires internationaux sont épouvantablement ternes et ennuyeux, mais sur Bételgeuse, c'est juste le contraire. Je venais chercher un peu de silence. » Puis, avec un air grave : « Vous avez eu des ennuis. »

« Je n'arrive pas à imaginer comment cela a pu arriver. Enfin... nous donnons une sauterie où tout le monde est invité. Nous nous assurons plusieurs fois que tous les Merséiens de la planète y seront. N'ayant absolument aucune raison de se douter que j'ai découvert un moyen pour déjouer les serrures-robots, ils leur confieront la garde de leurs appartements. Cela va de soi. Et que se passe-t-il? A peine suis-je entré qu'arrive Aycharaych, armé d'un bon petit atomiseur. Il prévoit la moindre de mes intentions et me met poliment dehors. Point final. »

« Aycharaych... j'ai déjà entendu ce nom quelque part. Il n'est pas Merséien? »

« Non. Chéréion est une planète très ancienne mais peu connue de l'Empire Merséien. Ses habitants ont rang de citoyens. Aycharaych est un de leurs meilleurs agents secrets, mais on entend rarement parler de lui, précisément parce qu'il est un des meilleurs. C'est la première fois que je le rencontre. »

« Je vois de qui il s'agit maintenant », dit-elle. « Sa présence sur Alfzar ne présage rien de bon. »

Flandry haussa les épaules. « Eh oui, il va falloir tenir compte de lui, comme si cette mission n'était pas assez difficile comme ça! »

Il se leva et alla sur le balcon. Les deux lunes d'Alfzar étaient levées, déversant une lumière cuivrée sur les immenses jardins du palais. Le vent chaud était chargé du parfum inconnu de fleurs étranges, et il apportait parfois des bouffées de la musique hermétique qui faisait les délices du souverain de Bételgeuse.

Flandry ressentit un soudain découragement. La galaxie était trop vaste. Durant toute sa vie, un homme ne pouvait connaître les quatre millions d'étoiles de l'Empire Terrien. Et, au-delà, il y avait les empires rivaux, Gorrazan, Ythri, Merséia, fauves affamés perdus dans des espaces inouïs...

C'était trop. L'individu était perdu dans le chaos insensé de la civilisation moderne. Il pensa à Aline – cela faisait partie de son travail que de savoir qui était, par exemple, Aycharaych. Mais un être ne peut contenir un univers entier.

Il y avait trop de races différentes, trop de forces opposées... et si peu d'êtres qui tentaient de comprendre la situation et de l'améliorer. C'était comme de vouloir arrêter une avalanche les mains nues.

Aline approcha et lui prit le bras. Son visage se leva vers le sien, et elle avait un regard qu'il ne connaissait que trop bien. De retour sur Terra, il devrait l'éviter. Il ne voulait pas lui faire de mal, mais il lui était impossible de s'attacher à un seul être.

« Un seul échec vous décourage? » Elle feignait la légèreté. « Dominic Flandry, l'homme qui a conquis Scotha à lui seul, aurait peur d'un grand oiseau décharné? »

« Je n'arrive pas à comprendre comment il a pu prévoir mes intentions » marmonna Flandry. « Je ne me suis jamais fait surprendre de cette façon, même lors de mes débuts. Plusieurs de nos meilleurs hommes ont été détruits par lui. Je suis convaincu que la disparition de MacMurtrie à Polaris était son œuvre. Notre tour est peut-être venu. »

« Allons, allons », s'esclaffa-t-elle. « Vous deviez avoir bu du *sorgan* lorsqu'on vous a parlé de lui. »

« Du *sorgan*? »

« Ah! je vais donc enfin vous apprendre une chose que vous ne saviez pas », dit-elle dans un effort pour le dérider. « C'est une drogue qu'ils produisent sur une de leurs planètes, Cingetor, si je me souviens bien. Elle a un curieux effet dépressif sur certains centres du cerveau. Le résultat est que la victime perd tout sens critique et croit tout ce qu'on lui raconte. »

« Cela pourrait avoir son utilité dans notre métier. »

« Non; on connaît un antidote qui assure de plus une immunité permanente. Le *sorgan* ne sert donc pratiquement à rien, et le Sartaz a supprimé sa fabrication.

« Quand même, il serait bon d'en avoir sous la main, on ne sait jamais... Je pense de plus que certains nobles, même dans notre Empire, le trouveraient fort utile pour faire des conquêtes. » Cette digression lui avait rendu un peu de sa bonne humeur. « Allons », ajouta-t-il, « on nous attend à la réception. »

Elle l'accompagna, avec une expression vaguement étonnée.

2

Les étoiles géantes ont généralement un grand nombre de planètes et Bételgeuse, avec ses quarante-sept, n'y faisait pas exception. Six d'entre elles avaient donné naissance à des races intelligentes, et les ressources de l'ensemble du système étaient considérables, même dans une civilisation habituée à penser en termes de milliers d'étoiles.

Lors de leur arrivée, il y avait près de mille ans, les premiers explorateurs terriens avaient découvert que les habitants d'Alfzar étaient déjà capables de vols interplanétaires et s'en servaient pour conquérir d'autres mondes. Leur rapide assimilation de la technologie terrestre ne fit qu'accélérer ce processus. Ils ne tentèrent jamais, toutefois, d'établir un empire à l'échelle de Sol ou de Merséia, se contentant de dominer un nombre suffisant d'étoiles proches pour se protéger. Ils s'étaient parfois heurtés aux puissances voisines, mais des générations de rusés Sartaz avaient réussi à dresser leurs ennemis les uns contre les autres.

Mais la tension croissante entre Terra et Merséia avait donné à Bételgeuse une position clé. A mi-chemin entre les deux grands Empires, elle avait la possibilité de couper la route directe grâce à sa puissante flotte ou, en s'alliant à l'un des adversaires, de frapper l'autre au cœur. Si Merséia obtenait cette alliance, elle se considérerait certainement prête pour une guerre contre Terra. Si Terra parvenait à en conclure une, Merséia verrait sa position se détériorer et devrait faire des concessions.

Les deux Empires avaient donc envoyé des ambassadeurs sur Alfzar pour tenter, chacun de son côté, de convaincre le Sartaz de la justice de leur cause et des profits d'une alliance. Tous les moyens de pression étaient utilisés : on achetait des fonctionnaires, le système entier grouillait d'espions...

C'était ce qu'on appelle une « procédure diplomatique normale », mais l'enjeu était suffisamment important pour que les services secrets aient envoyé sur Bételgeuse deux de leurs meilleurs agents, Flandry et Aline, pour tenter de persuader le Sartaz, découvrir ses faiblesses et mettre des bâtons dans les roues des agents merséiens. Aline était particulièrement précieuse dans ses rapports avec les humains établis de longue date dans le système et devenus citoyens; certains occupaient même des postes importants dans le gouvernement ou dans l'armée. Flandry, lui...

Et maintenant, Merséia avait fait venir *son* meilleur espion et la bataille – une bataille subtile, polie, et absolument impitoyable – était engagée.

Le Sartaz donna une partie de chasse pour ses hôtes de marque. De tempérament sardonique, il aimait rapprocher des ennemis, les mettre dans des situations où ils étaient contraints de faire preuve d'amabilité entre eux. Les Merséiens en étaient d'ailleurs fort heureux : la chasse était leur sport favori. Les Terriens, eux, pour la plupart citadins, étaient moins réjouis, mais ils ne pouvaient guère refuser.

Flandry, particulièrement, trouvait l'idée détestable. En dehors de ses exercices quotidiens, il détestait l'effort physique. Et, de plus, il n'avait pas de temps à perdre.

Trop de choses allaient mal. Leur réseau, composé aussi bien de Bételgeuséens achetés que d'humains, se trouvait soudain en butte à mille difficultés. Des agents disparaissaient, tombaient dans des pièges dressés par les Merséiens ou les Bételgeuséens, se voyaient fermer des voies d'accès jusqu'alors satisfaisantes. Flandry ne pouvait localiser la source de leurs difficultés... mais il pouvait la deviner. Le Chéréionite était plus malin qu'il n'est permis. Il était in-cro-ya-ble que les projets juroviens aient soudain été dévoilés, ou que l'on eût découvert la cachette de Yamatsu, ou... Par les vents solaires! Et maintenant, cette damnée partie de chasse... Flandry gémit intérieurement.

A l'aube, son esclave l'éveilla. L'épaisse brume du matin était teintée de sang par le soleil levant. Au loin, quelqu'un sonnait déjà du cor, des cris retentissaient, des moteurs se mettaient en marche.

« Il me prend parfois une sacrée envie », grommela-t-il, « d'aller voir l'Empereur et de lui dire que son satané Empire peut bien aller au diable. »

Le petit déjeuner rendit l'univers un peu plus tolérable. Flandry revêtit, avec sa méticulosité coutumière, un costume collant vert avec broderies ton sur ton, une cape dorée avec capuchon et lunettes protectrices assorties, et laissa son esclave tailler sa moustache avec l'exactitude micrométrique qu'il exigeait. Puis, armé d'un fusil à aiguilles et d'un sabre de duel, il descendit l'escalier d'honneur, entre deux haies de gardes en casque et armure.

Dans la grande cour, les invités se rassemblaient. Le Sartaz lui-même était présent. C'était un humanoïde alfzarien typique : petit, trapu, imberbe, avec deux yeux jaunes protubérants dans un visage aux traits plats. Il y avait d'autres nobles d'Alfzar et de ses planètes sœurs, composant un ballet de couleurs vives, ainsi que les membres réguliers de l'ambassade terrienne et les envoyés spéciaux, plus las et découragés les uns que les autres.

Et puis il y avait les Merséiens. Flandry les salua courtoisement. Après tout, les deux Empires entretenaient théoriquement des relations pacifiques, malgré les milliers de morts inconnus dans les villes en feu dans les Marches. Son regard gris, apparemment indifférent et somnolent, ne perdait pas le moindre détail de l'apparence de ses ennemis.

Les nobles merséiens le considérèrent avec le mépris à peine dissimulé qu'ils avaient pour tous les humains. C'étaient des mammifères, mais ils avaient gardé plus de traces que les humains de leurs antécédents reptiliens. Leur taille dépassait les deux mètres et ils portaient du front à leur puissante queue une arête écailleuse qui causait de terrifiantes blessures dans les combats au corps à corps. Leur peau vert pâle était couverte de minuscules écailles, mais leur visage massif était pratiquement humain. Des yeux noirs arrogants enfoncés dans des orbites épineuses le regardèrent avec défi.

Je comprends qu'ils nous méprisent, pensa-t-il. *Leur civilisation est jeune et vigoureuse, expansionniste et sans pitié. Nous, par contre, utilisons toutes nos énergies pour maintenir le statu quo galactique, plus par goût du confort que par amour de la paix. Leur rêve est d'étendre leur Empire jusqu'aux limites de la galaxie, et nous sommes les premiers qu'ils devront écraser.*

Qui sait si l'Histoire n'est pas de leur côté? Mais Terra a connu tant de guerres sanglantes... et sa civilisation est trop sage et trop méfiante. Nous avons appris que la perfection et la gloire sont des chimères... mais cela a peut-être tué quelque chose en nous.

Et pourtant... non, je ne veux pas voir des planètes mises à feu et à sang, et une civilisation étrangère prendre le dessus. Terra est prête à accepter un compromis, mais Merséia ne connaît que la force aveugle. Et c'est pourquoi je suis ici.

Une forme fendit la brume rouge, et Aycharaych apparut à ses côtés. Le Chéréionite souriait aimablement. « Bonjour, capitaine Flandry. »

Flandry sursauta. « Oh! bonjour. » Le grand oiseau le mettait mal à l'aise. C'était la première fois qu'il rencontrait quelqu'un de supérieur à lui professionnellement, et il n'aimait pas cela.

Mais il ne pouvait s'empêcher d'estimer la personnalité d'Aycharaych. Pour tromper l'attente, ils bavardèrent de Polaris et de ses mondes étranges; puis la conversation s'orienta vers la xénologie comparée des primitifs intelligents de la Galaxie. La culture et l'humour à froid du Chéréionite valaient ceux de Flandry. Lorsque le cor sonna pour le départ, ils échangèrent le regard de regret des braves. *Dommage que nous ne soyons pas dans le même camp. Autrement...*

Mais il en était ainsi.

Les chasseurs fixèrent le harnais de leurs airjets individuels, armés chacun d'un projecteur de rayons cohérents – ce qui n'était pas trop pour chasser le dragon borthudien. Flandry songea que le Sartaz serait ravi si le gibier le débarrassait de quelques-uns de ses invités.

L'escadrille prit l'air et mit le cap au nord, vers les montagnes. Par les déchirures de la brume, on entrevoyait des champs et des forêts. L'énorme disque rouge de Bételgeuse montait dans un ciel violacé. En dépit de lui-même, Flandry prenait plaisir à la vitesse de l'engin et au rugissement de l'air. Il fonçait vers les limites d'un monde pour y combattre des monstres.

En guère plus de deux heures, ils parvinrent aux monts borthudiens, qui dressaient leurs pics rocheux jusqu'aux régions supérieures de l'atmosphère. Sur leurs flancs, la neige était de sang. Déjà les éclaireurs signalaient par radio la présence de plusieurs dragons. Les jets foncèrent les uns après les autres dans les directions indiquées. Bientôt, il ne resta plus que Flandry et un seul autre véhicule.

Ils survolèrent lentement des pics déchiquetés et des cañons encore perdus dans la nuit. Soudain, Flandry vit deux grandes ombres s'élever et sentit son estomac se serrer. Des dragons!

Ces monstres reptiliens et écailleux faisaient bien dix mètres de long; leurs crocs et leurs serres étaient capables de déchirer l'acier. De noires ailes de cuir les soutenaient dans les airs, et ils suivaient les vents, se nourrissant des grands animaux de proie qui faisaient la terreur des paysans.

Flandry serra les commandes et fondit sur l'une des bêtes, qui grandit monstrueusement dans son viseur; il vit son regard meurtrier au moment où elle se dressait pour lui faire front. Il n'était pas question de fuite ici; les dragons ignoraient totalement la peur.

Flandry libéra le mince faisceau d'énergie cohérente qui alla mordre la créature en plein ventre, mais elle ne broncha pas. Pour éviter la collision, il vira au dernier moment, évitant de justesse les ailes monumentales.

Il n'avait pas prévu que le dragon relèverait la queue. Le choc faillit lui briser les dents. L'airjet descendit en vrille; le dragon se laissa tomber sur lui et ses terribles serres s'enfoncèrent dans la fragile coque.

Flandry parvint à reprendre le contrôle de l'appareil et accéléra au maximum pour s'arracher au monstre, puis il fit volte-face dans un hurlement assourdissant et envoya une décharge dans la gueule béante du dragon qui, hurlant de rage et de douleur, s'élança droit sur lui, déjouant avec une rapidité et une précision fantastiques tous les efforts que Flandry faisait pour l'éviter. Avec un hurlement qui parvint jusqu'aux oreilles du Terrien, la gigantesque mâchoire se referma, arrachant une section de la carlingue. Un vent glacial envahit la cabine.

N'abandonnant pas, il plongea à la rencontre du monstre, lançant décharge sur décharge dans l'énorme corps reptilien.

L'appareil endommagé devenait difficilement manœuvrable. Un coup d'ailes le déséquilibra, et Flandry s'aperçut avec épouvante que la créature le poussait vers des pics dont il apercevait les dents menaçantes à peu de distance. A demi engourdi par le froid, il tenta désespérément de redresser son airjet.

Devait-il finir ainsi... fracassé contre la montagne et dévoré par la bête qu'il pourchassait?... Désespérément Flandry tira, décharge sur décharge. Le dragon était presque sur lui lorsque, soudain, il tournoya et tomba. L'autre jet était là, et son occupant tirait avec une précision extraordinaire. Le deuxième dragon devait être mort ou il avait pris la fuite, et l'autre chasseur était venu à la rescousse.

Flandry vit le dragon s'écraser sur une corniche et s'immobiliser.

Il parvint à atterrir à proximité et prit conscience qu'il tremblait de tout son corps et pas seulement de froid!

L'autre jet atterrit à quelques mètres de lui. Le cockpit s'ouvrit et le pilote sortit.

Aycharaych.

La réaction de l'humain fut presque instantanée. La reconnaissance et l'honneur étaient inconnus dans les services secrets. A quelques pas de lui se trouvait son plus grand ennemi. Un geste suffirait à le détruire. Aycharaych de Chéréion, mort en chassant le dragon... dommage. Le remords viendrait, peut-être, plus tard.

Son atomiseur était à moitié dégainé lorsqu'il vit qu'Aycharaych avait déjà son arme à la main et, à travers les hurlements du vent, il entendit la calme voix de l'étranger : « Non. »

Un sourire amer aux lèvres, Flandry leva les bras. « Allez-y », dit-il. « Vous avez l'avantage. »

« Certainement pas », dit le Chéréionite. « Croyez-moi, capitaine Flandry, je ne vous tuerai jamais que par auto-défense. Mais puisque je connaîtrai toujours vos plans à l'avance, vous feriez aussi bien de les abandonner. »

Il inclina la tête, trop ébranlé pour sentir toute la portée de cette révélation. « Merci », dit-il. « Merci de m'avoir sauvé la vie, je veux dire. »

« Vous êtes trop précieux pour mourir », dit Aycharaych.

Ils coupèrent la tête du dragon puis regagnèrent lentement le palais. Jamais encore l'esprit de Flandry n'avait été dans un tel désordre.

Il n'y avait qu'une seule façon dont le Chéréionite avait pu être averti de son plan meurtrier. Et cela expliquait aussi pourquoi il était au courant de toutes les activités et de tous les projets des Terriens, et comment il pouvait les déjouer tous, tout en continuant son propre travail, que personne ne parvenait à entraver.

Aycharaych était capable de lire dans les esprits!

3

Le visage d'Aline était tendu et très pâle dans la lumière rouge qui entrait dans la chambre. « Non », murmura-t-elle.

« Si », dit Flandry amèrement. « C'est la seule explication. »

« Mais chacun connaît les limites de la télépathie... »

« Je sais. Les modes de pensée des différentes races, des différents individus même, sont tellement variés qu'un télépathe doit à chaque fois apprendre un nouveau " langage ", s'il veut comprendre ce qu'il perçoit. Je n'avais jamais pensé qu'il y eût le moindre danger de ce côté-là.

» Mais Chéréion est une très vieille planète. Certains Merséiens superstitieux croient même que ses habitants sont des sorciers. En fait, ils ont simplement dû découvrir sur le système nerveux des choses jusqu'alors demeurées inconnues. Aycharaych est apparemment capable de capter une résonance commune à tous les êtres intelligents.

» Il ne peut évidemment lire que les pensées de la conscience superficielle, sans quoi il y a longtemps qu'il en aurait découvert assez pour que Merséia domine la Galaxie entière. Mais c'est déjà suffisamment grave! »

« Pas étonnant », dit Aline sarcastiquement, « qu'il vous ait sauvé la vie! Vous êtes son allié le plus précieux. »

« Et je ne puis rien faire pour l'empêcher », dit

Flandry. « Il me voit tous les jours. Cela suffit, je suppose, même s'il n'est pas capable de lire à distance. Chaque fois, il me sonde rapidement, lit tous mes plans, puis prend les mesures qui s'imposent. »

« Il faudra demander aux savants de l'Empire de mettre au point un écran psychique. »

« Oui, mais dans l'immédiat cela ne nous sert à rien. »

« Essayez de l'éviter... ne sortez pas... »

« Pour n'être plus utile à rien? Je dois surveiller mon réseau, recueillir des informations, rencontrer les officiels de Bételgeuse... Et le moindre fait que j'apprends est un atout de plus pour Aycharaych, sans qu'il ait à lever le petit doigt. » Flandry alluma nerveusement une nouvelle cigarette. « Que faire, Aline, que faire? »

« Je n'en sais rien, mais il faudra le faire vite. Le Sartaz est de plus en plus froid envers nous et, tandis que nous commettons erreur sur erreur, Aycharaych achète, menace, influence les membres du gouvernement les uns après les autres. Un beau matin, nous nous réveillerons sous les verrous, et nous apprendrons que Bételgeuse a conclu un pacte d'alliance avec Merséia. »

« Perspective alléchante », dit Flandry.

Le soleil pâlissant emplissait la chambre de flaques de sang. Le palais était calme : les nobles se reposaient après la chasse. Des serviteurs silencieux préparaient la fête prévue pour la soirée. Flandry embrassa d'un coup d'œil les étranges ornementations, la lumière surnaturelle et le paysage qui s'étendait au loin. Étrange monde sous un étrange soleil, où il était virtuellement prisonnier d'un peuple inhumain et de plus en plus hostile.

Il poussa un soupir de découragement. « Sans doute devrais-je mettre au point une brillante contre-attaque... et ce soir, au banquet, Aycharaych en lirait le moindre détail. Que diable, je ne peux pas tout simplement cesser de penser lorsqu'il est là! »

Les yeux d'Aline s'agrandirent, et elle serra très fort la main de Flandry. « Oui? » demanda-t-il. « A quoi pensez-vous? »

« Ce n'est rien, Dominic, rien du tout. » Elle sourit. « J'ai des contacts directs avec Sol, et... »

« Vous ne me l'aviez jamais dit. »

« Cela n'avait jamais été nécessaire. Je me demandais seulement si je devais tenir Sol au courant de nos ennuis. On ne sait jamais comment ces stupides bureaucrates peuvent réagir! Peut-être nous feront-ils rappeler et éjecter pour incompétence. »

Elle se pencha tout près de lui, et son murmure se fit pressant. « Allez trouver Aycharaych, Dominic. Parlez-lui, occupez-le, mais empêchez-le de venir m'espionner. Il saura ce que vous faites, bien sûr, mais ne pourra rien faire pour l'empêcher si vous êtes suffisamment habile. Et trouvez-moi une excuse pour ce soir – une migraine, peut-être – n'importe quoi *pour qu'il ne s'approche pas de moi*! »

« D'accord », dit-il, retrouvant un peu de son entrain coutumier, « mais quoi que vous complotiez dans cette adorable tête, faites-le vite ! Je ne pourrai pas l'immobiliser éternellement. »

Il se leva. Elle le regarda sortir avec l'ombre d'un sourire.

Lorsque la soirée se termina, Flandry était plus qu'un peu éméché. Le vin avait coulé à flots, et la fête avait été animée par la musique et des danseuses de toutes races. Il avait passé des heures agréables – surtout, il devait l'avouer, à cause de la conversation d'Aycharaych. Cet être était un génie de premier plan dans presque tous les domaines, et il était agréable d'oublier pour quelques instants l'imminence de la catastrophe.

Il regagna son appartement. Aline était debout près d'une petite table, les cheveux défaits, vêtue d'une robe doucement scintillante. Impulsivement, il l'embrassa.

« Bonsoir, chérie. C'était gentil de m'attendre. »

Elle ne fit pas mine de partir. Deux gobelets précieux étaient disposés sur la table. « Un dernier verre, Dominic ? »

« Non, merci. J'ai bu plus que mon compte. »

« Pour me faire plaisir. » Son sourire était irrésistible. Il trinqua avec elle et le vin épais glissa dans sa gorge.

Il avait un goût curieux, et bientôt la chambre tourna autour de lui. Il dut s'asseoir sur le bord du lit jusqu'à ce que ce fût passé. Mais il restait dans sa tête quelque chose d'indéfinissable, qui ne voulait pas partir.

« Jamais rien bu de plus fort », marmonna-t-il vaguement.

« Notre travail n'est pas des plus faciles », dit Aline avec douceur. « Nous méritons bien quelques moments de détente. » Elle s'assit à côté de lui. « Nous n'avons que cette soirée. Ne pensons pas à demain ; il sera pire qu'aujourd'hui. »

Ce qu'elle disait était absolument contraire à la façon de penser de Flandry, mais il acquiesça songeusement.

« Et, Dominic, vous m'aimez, vous savez. »

Et il l'aima.

Plus tard, elle se rapprocha de lui dans l'obscurité ; ses cheveux vinrent caresser son visage, et elle lui murmura : « Écoute-moi, Dominic. Il faut que je te dise ceci, quelles qu'en soient les conséquences. Tu dois savoir. »

Il se raidit, se réveilla presque. La voix d'Aline continua, murmure étouffé perdu dans la nuit : « J'ai contacté Sol par courrier-robot et parlé à Fenross. Il a immédiatement vu ce qu'il fallait faire. C'est un triste moyen, mais c'est le seul.

» Notre Flotte est déjà en route pour Bételgeuse. Les Merséiens croient que nos forces sont concentrées près de Llynathawr, mais c'est une fausse nouvelle répandue par les services de Fenross. En fait, le gros de nos forces est déjà très près, mais elles sont équipées d'un nouvel écran énergétique qui leur permettra de passer le cordon de Bételgeuse sans être détectées. Après-demain, dans la nuit, une escadre renforcée atterrira dans la vallée de Gunazar, près des monts borthudiens, où elle établira une tête de pont. Un détachement ira immédiatement occuper la capitale, dans le but de capturer le Sartaz et sa cour. »

Flandry était paralysé de stupéfaction. « Mais cela signifie la guerre! » Il s'étrangla, reprit : « Merséia contre-attaquera immédiatement et nous devrons en plus nous battre contre Bételgeuse! »

« Je sais, mais l'Impérium a décidé que nos chances seront meilleures ainsi. Si nous ne faisons rien, Bételgeuse s'alliera presque certainement avec Merséia.

» Notre rôle est d'empêcher le Sartaz et ses nobles de se douter de la vérité avant qu'il soit trop tard, et de faire en sorte qu'ils ne quittent pas le palais. La capture des dirigeants d'une monarchie absolue est toujours un coup désastreux pour le pays. Fenross et Walton pensent que Bételgeuse aura capitulé avant l'arrivée des forces merséiennes.

» Nous devons les empêcher de se douter de quoi que ce soit, Dominic, par tous les moyens. Voilà ton travail, et en plus continue à tenir Aycharaych éloigné de moi. »

Elle l'embrassa. « Et maintenant, dormons. Les deux jours qui viennent seront éprouvants. »

Flandry ne put trouver le sommeil. Lorsqu'il entendit la respiration de sa compagne devenir faible et régulière, il se leva et alla sur le balcon. Il n'arrivait pas à croire que l'Empire, le vieil Empire décadent, ait pu concevoir un coup aussi audacieux!

Au-dessous de lui, dans le jardin, quelque chose bougea. A la lueur rouge de la lune, il distingua une silhouette qui marchait lentement entre deux gardes du corps merséiens.

Aycharaych! Flandry pâlit de consternation. Le chéréionite leva la tête, et il vit son sage sourire. *Il savait.*

Jamais Flandry n'avait travaillé aussi dur que ces deux jours-là. Il fallait tisser un filet d'intrigues d'une complexité inouïe pour que le Sartaz n'ait aucune entrevue privée avec un Merséien de quelque importance et ne quitte pas le palais pour une de ses capricieuses randonnées. Il fallait également préparer les Bételgeuséens amis à ce qui allait se passer...

Ses nerfs étaient mis à rude épreuve. De plus, il était sans doute malade : toute pensée était un effort, et il avait une tendance désastreuse à prendre au pied de la lettre tout ce qu'on lui disait. Que diable se passait-il?

Il savait que la flotte merséienne ne pouvait approcher de Bételgeuse pour devancer les Terriens; et comment ceux-ci avaient-ils fait, même avec leur nouvel écran? En tout état de cause, il ne pouvait s'agir d'une force très importante.

Le lendemain de la révélation d'Aline, Aycharaych s'excusa et disparut, sans doute pour mettre au point un dispositif destiné à accueillir les forces terriennes. Flandry ne pouvait rien faire pour l'en empêcher, mais du moins cela leur donna quelques heures de tranquillité.

Heure après heure, insidieusement, la tension augmentait. Aline passait le plus clair de son temps à conférer avec le général Bronson, un officier bételgeuséen d'ascendance humaine qu'elle avait « apprivoisé ». Peut-être parviendrait-il à désorganiser la flotte indigène au moment de l'attaque terrienne. Il était évident que les nobles merséiens savaient ce qu'Aycharaych avait découvert : ils regardaient maintenant les humains avec une haine non déguisée, mais ils ne firent aucune tentative pour avertir le Sartaz. Sans doute Aycharaych avait-il un meilleur plan...

Flandry se sentait pris dans une toile d'araignée, luttant contre des fils gluants qui l'immobilisaient, l'aveuglaient et résistaient à tous ses efforts. Il en arrivait à trembler de nervosité, à ne plus écouter ce qu'on lui disait... Les deux interminables journées continuaient leur cours inexorable.

Il chercha la vallée de Gunazar dans l'atlas. C'était une région inhabitée et désolée, un repaire de dragons et de vents sauvages, site idéal pour un débarquement clandestin. Mais que signifiait « clandestin » alors qu'Aycharaych savait tout et avait apparemment pris ses dispositions?

« Nous n'avons pas une chance, Aline », lui dit-il. « Pas une, vraiment. »

« Continuons, et nous verrons bien », répondit Aline, avec un optimisme que Flandry était loin de ressentir. « Pauvre Dominic », dit-elle en lui caressant les cheveux. « Je sais que ce n'est pas facile pour toi. »

Plus sanglant que jamais, l'immense soleil disparut sous l'horizon. C'était le second soir, et la nuit décisive commençait.

Flandry alla dans la salle du trône qui était, à son grand étonnement, presque vide. « Où sont donc les Merséiens, Majesté? » demanda-t-il au Sartaz.

« Ils sont tous partis en mission spéciale », répondit sèchement le souverain, à qui tout ce mystère déplaisait visiblement.

Mission spéciale? Dieux éternels!

Aline et Bronson arrivèrent. Après les salutations d'usage, Bronson prit la parole : « Avec votre permission, Majesté, j'aimerais vous montrer d'ici environ deux heures une chose de la plus extrême importance. »

« Oui, oui, nous verrons cela », marmonna le Sartaz, puis il se retira.

Flandry s'assit et se prit la tête dans les mains. Aline posa doucement sa main sur son épaule. « Fatigué, Dominic? »

« Je ne me suis jamais senti plus mal de ma vie. Je ne suis même plus capable de penser. »

Elle fit signe à un esclave, qui apporta à boire. Elle lui prit le gobelet des mains et le tendit à Flandry. « Bois, cela ira peut-être mieux après. » Il vit avec stupéfaction que ses yeux étaient emplis de larmes. Que se passait-il?

Il vida le gobelet sans penser à ce qu'il buvait. Puis le breuvage fit effet. Il se cramponna aux bras de son fauteuil. « Bon sang! Qu'est-ce que... »

Comme de la glace, cela parcourait ses nerfs,

envahissait son cerveau... frais, calmant, comme la main d'Aline...

Tout s'éclaircit!

Il se leva d'un bond. Cette invraisemblable histoire révélait toute sa grotesque fausseté! Tissu de mensonges, illogismes monstrueux!

La Flotte ne *pouvait pas* envoyer un corps de débarquement sans que les services secrets merséiens l'apprennent! Il ne *pouvait pas* exister un nouvel écran énergétique dont il n'aurait jamais entendu parler! Fenross ne se lancerait jamais dans une aventure aussi risquée que l'occupation de Bételgeuse tant qu'il restait une lueur d'espoir!

Et il n'aimait pas Aline. Elle était courageuse, elle était belle, mais il ne l'aimait pas.

Et pourtant... Il n'y avait guère que trois minutes, il l'aimait encore passionnément.

Il la regarda tandis que l'énorme vérité se révélait à lui. Gravement, elle inclina la tête, sans paraître s'apercevoir que ses joues étaient baignées de larmes. Ses lèvres murmurèrent des mots qu'il eut peine à saisir.

« Au revoir, mon bien-aimé. »

4

Un téléviseur à écran géant avait été disposé dans la salle de conférences, ainsi qu'une rangée de sièges pour les grands d'Alfzar. Bronson avait également pris la précaution de mettre de garde des hommes dont il était sûr – longues files de cuirasses brillantes, armes au clair, immobiles comme les piliers qui soutenaient le haut plafond voûté.

Le général faisait nerveusement les cent pas devant l'écran et consultait sa montre plus fréquemment qu'il n'eût été nécessaire. Flandry était assis, apparemment calme et insouciant, mais c'était le calme d'un ressort prêt à se détendre. Aline, elle, ne semblait pas consciente de ce qui se passait et poursuivait on ne sait quelles pensées.

Bronson rompit le silence par ces mots :

« Si cela ne marche pas, nous serons sans doute pendus. »

« Si cela ne marche pas », répondit Flandry d'une voix neutre, « peu m'importera que nous soyons pendus ou non ».

Il exagérait : peu d'hommes aimaient la vie autant que lui.

Le tonnerre éclatant des trompettes fracassa le silence, et le Sartaz fit son entrée, suivi de sa cour.

Le regard suspicieux de ses yeux jaunes se posa sur les trois humains, qui s'étaient respectueusement levés.

Vous avez dit que ce que vous vouliez me montrer était d'importance », déclara-t-il sèchement. « Espérons que ça l'est. »

C'est une chose effectivement très importante, Majesté », dit Flandry qui avait retrouvé toute sa faconde. « D'une importance telle qu'il y a des semaines que vous auriez dû être mis au courant, mais malheureusement les circonstances l'ont empêché, comme la Cour pourra s'en rendre compte d'ici quelques instants. Le loyal général Bronson fut contraint d'agir selon sa propre initiative, avec le peu d'aide que nous pûmes lui apporter. Mais, si tout se passe comme prévu, le moment de la révélation sera aussi celui du salut. »

« Je l'espère », dit le Sartaz sur un ton menaçant. « Je vous préviens, tous, que j'en ai assez de l'espionnage et de la corruption que les Empires ont apportés avec eux, et je pense qu'il serait grand temps de délivrer Bételgeuse de ces excroissances malignes. »

« Terra ne vous a jamais voulu que du bien, Majesté », dit Flandry, « et il se trouve justement que nous pouvons vous en apporter la preuve. Si... »

Une nouvelle sonnerie de trompette le coupa, et la voix du chambellan retentit à ses oreilles : « Majesté, son excellence l'ambassadeur de l'Empire de Merséia demande audience. »

L'énorme forme verdâtre et couverte de joyaux de Sire Korvash de Merséia emplit la porte, et derrière lui arriva... Aycharaych!

Un instant, le choc paralysa Flandry. S'il entrait dans le jeu, toute leur combinaison pourrait s'écrouler. La structure qu'Aline avait mise sur pied était audacieuse et précaire. Le moindre argument était susceptible de la dissoudre... et alors, tonnerre et éclairs!

Les armes à feu étaient interdites dans l'enceinte du palais, mais l'épée faisait partie du costume de cérémonie. Flandry dégaina dans un sifflement de métal et s'écria : « Saisissez-les! Ils viennent assassiner le Sartaz! »

Les pupilles dorées d'Aycharaych s'agrandirent lorsqu'il lut les intentions du Terrien. Il ouvrit la bouche pour le dénoncer... et s'écarta juste à temps pour éviter un coup meurtrier.

Il lui fit face, sa propre rapière à la main, et les deux espions engagèrent le combat.

Korvash le Merséien dégaigna par pur réflexe. « Empêchez-le de nuire! » hurla Aline. Avant que le Sartaz stupéfait pût intervenir, elle avait arraché à Korvash le pistolet paralyseur qu'il portait et l'avait immobilisé d'une brève décharge.

Elle se pencha sur sa forme écroulée, tira subrepticement un minuscule pistolet à aiguilles de son corsage et fit mine de le prendre dans le vêtement de l'ambassadeur. « Regardez, Majesté », haleta-t-elle, « il portait une arme meurtrière. Nous savions que les Merséiens avaient de sombres projets, mais nous n'aurions jamais pensé qu'ils oseraient... »

Le Sartaz la regarda en fermant à demi les yeux. « Nous verrons ce qu'il a à nous dire », murmura-t-il.

Comme Korvash ne pourrait pas expliquer son point de vue avant une bonne heure, Aline considéra que c'était une victoire.

Mais Flandry... ses yeux s'agrandirent et elle étouffa un cri. C'était le duel le plus rapide, le plus terrifiant auquel elle eût jamais assisté. Silhouettes bondissantes, éclairs brefs des lames fendant l'air en sifflant, chocs de l'acier.

« Arrêtez-les », cria-t-elle en levant l'arme qu'elle tenait toujours.

« Non », dit le Sartaz en lui enlevant le pistolet. « Je veux voir la fin. C'est le plus beau spectacle auquel j'aie assisté depuis des années. »

« Dominic... « murmura-t-elle.

Flandry était un bretteur hors pair, mais Aycharaych le valait bien. Bien que gêné par la gravité, le Chéréionite avait une rapidité et une précision surhumaines, et il ne cessait de sourire, de sourire...

La télépathie lui était de peu de secours. Seuls les réflexes conditionnés étaient en jeu. Le duel est trop rapide pour la pensée consciente. Mais peut-être lui donnait-elle un léger avantage, compensant en partie la forte gravité.

La Cour assemblée applaudissait chaque mouvement de cette danse de mort : attaques, parades, contre-attaques, coups d'estoc ou de taille, bonds pour se dégager... Souvent, Flandry touchait juste. Le sang coulait sur les joues émaciées d'Aycharaych et ses vêtements étaient couverts d'estafilades sanglantes. Le plan de Flandry était simple : il savait que le Chéréionite se fatiguerait plus vite que lui, et ses réactions se ralentiraient; l'important, c'était de rester vivant jusque-là!

Il recula pas à pas devant Aycharaych, parant tous ses coups dans un cliquetis d'acier, allant jusqu'au fond de la salle sous les regards avides du Sartaz et de la Cour.

La fin vint alors qu'il se demandait s'il verrait jamais Bételgeuse se lever de nouveau. Aycharaych plongea en avant et son épée s'enfonça dans l'épaule de Flandry. Avant qu'il pût la dégager, l'humain lui fit lâcher prise d'un coup sec et posa la pointe de son épée sur la gorge du Chéréionite.

Le hall résonna des cris joyeux et sauvages des maîtres de Bételgeuse. « Désarmez-les! » cria le Sartaz.

« Majesté! » haleta Flandry. « Permettez-moi de le surveiller pendant que le général Bronson continue. »

Le Sartaz fit un signe d'assentiment. Cela correspondait à sa vision des choses.

Flandry pensa avec une joie féroce : *Si jamais vous ouvrez la bouche, Aycharaych, je vous transperce de part en part!*

Le Chéréionite haussa les épaules, mais son sourire était amer.

« Dominic, Dominic! » s'écria Aline, entre le rire et les larmes.

Le général Bronson se tourna vers elle et lui dit d'une voix tremblante : « Pouvez-vous leur parler? Je ne m'en sens pas capable. »

Aline s'avança courageusement vers le Sartaz. « Majesté, Messeigneurs de la Cour », commença-t-elle. « Nous allons maintenant vous apporter la preuve de la traîtrise de Merséia.

» Nous, les Terriens, avions découvert que les Merséiens avaient l'intention de se saisir d'Alfzar et de vous-mêmes en attendant que le gros de leurs forces arrive pour compléter l'occupation. A cette fin, ils se rassemblent cette nuit même dans la vallée de Gunazar, près des monts borthudiens. Un détachement volant doit venir occuper le palais... »

Elle attendit que le calme fût revenu. « Nous n'avons pu vous le révéler plus tôt », continua-t-elle imperturbablement, « car les espions merséiens étaient partout et que nous avions des raisons de croire que l'un d'eux pouvait lire dans nos esprits; ils nous auraient immédiatement empêché d'agir. Nous avons pris contact avec le général Bronson, qui n'était pas suffisamment haut placé pour attirer leur attention, mais disposait d'un pouvoir suffisant pour prendre les mesures qui s'imposaient.

» Nous avons donc tendu un piège à l'ennemi. D'une part, nous avons caché des caméras télescopiques dans la vallée. Si vous le permettez, je vais vous montrer ce qui s'y passe en ce moment même. »

Elle tourna un bouton et l'écran s'alluma, montrant des pics dénudés, sinistres sous la lumière rougeâtre des deux lunes. Et dans le lointain, des ombres bougeaient. Des ombres revêtues d'armures, montant des canons atomiques, veillant à l'entretien de plusieurs vaisseaux spatiaux... et c'étaient visiblement des Merséiens.

Le Sartaz poussa un rugissement. Une voix demanda : « Mais qu'est-ce qui nous prouve qu'il ne s'agit pas d'une émission truquée? »

« Vous pourrez voir leurs restes par vous-mêmes », dit Aline. « Notre plan était très simple : nous avons enterré des mines atomiques dans le sol de la vallée. Elles sont commandées par radio. » Avec un sourire sinistre, elle leur montra une petite boîte munie d'un contacteur. « Voici le relais qui les contrôle. Peut-être Votre Majesté désire-t-elle appuyer sur le bouton? »

« Donnez », dit le Sartaz d'une voix étranglée. D'une main tremblante, il écrasa le bouton.

Une lumière insoutenable envahit l'écran. Ils entrevirent un geyser de terre et de pierres s'élever, des pics s'écrouler, un immense champignon de poussière radioactive se former, puis la communication fut interrompue.

« Les caméras sont détruites », dit Aline calmement. « Je suggère, Majesté, que vous envoyiez immédiatement des éclaireurs sur place. Ils trouveront suffisamment de vestiges pour prouver la véracité de ces images. Il me semble évident, d'autre part, qu'une puissance qui entretient des forces armées sur votre territoire n'a pas des intentions amicales! »

Korvash, Aycharaych, et ce qui restait encore de Merséiens dans le système allaient être expulsés. Bételgeuse avait rompu ses relations diplomatiques avec Merséia, et les négociations en vue d'une alliance avec Terra avaient commencé. La veille de leur départ, Flandry donna une réception à l'intention des Merséiens dans son appartement. Seuls Aline et lui étaient là pour les accueillir.

« Félicitations », dit Aycharaych en s'efforçant de rester souriant. « Le Sartaz était tellement furieux qu'il n'a même pas voulu écouter nos protestations. Je ne le blâme pas; on peut dire que vous nous avez montrés sous un mauvais jour. »

« Que l'enfer emporte l'hypocrite menteur que vous êtes! » grommela Korvash irasciblement. « Vous savez parfaitement que Terra aussi a des agents et des forces armées dans le système de Bételgeuse, cachés dans les lunes ou les astéroïdes. Cela fait partie du jeu. »

« Certes », rétorqua Flandry, « mais le Sartaz le sait-il? Comme vous dites, c'est la règle du jeu. Haïssez-vous l'adversaire qui vous bat aux échecs? Pourquoi nous en vouloir alors d'avoir gagné cette partie? »

« Je ne vous hais pas », dit Aycharaych. « Il y aura d'autres parties. »

« Nous avions plus à perdre que vous », continua Flandry. « L'alliance avec Bételgeuse nous permet, au moins temporairement, de mettre en échec vos visées expansionnistes. Mais nous ne profiterons pas de la situation pour vous attaquer, alors que vous le mériteriez bien. L'Empire ne désire rien d'autre que la paix. »

« Parce qu'il n'ose pas faire la guerre », dit Korvash sèchement.

Les humains ne répondirent pas. Peut-être pensaient-ils aux villes qui ne seraient pas bombardées et aux jeunes hommes qui vivraient le temps de leur vie.

Flandry versa du vin. « A notre future et amicale inimitié », dit-il.

Ils levèrent leurs verres. « Je ne vois toujours pas comment vous avez fait », dit Korvash.

« Ce n'est pas moi, c'est Aline. » Il se tourna vers elle. « Dites-leur. »

Elle secoua la tête. Depuis quelques jours, elle s'était retirée dans un calme pourtant bien contraire à sa nature. « Allez-y, Dominic. Vous le leur expliquerez mieux que moi. »

« Eh bien », dit Flandry, tout heureux d'avoir la parole, « lorsque nous comprîmes qu'Aycharaych pouvait lire dans nos esprits, la situation parut désespérée. Comment mentir à un télépathe? Aline trouva la réponse : en recueillant des informations inexactes.

» Il existe ici une drogue nommée *sorgan,* qui a la propriété de faire devenir celui qui l'absorbe d'une crédulité absolue. Aline m'en fit boire à mon insu, puis me raconta ce fantastique mensonge d'une expédition terrienne *venant* occuper Alfzar... et vous, Aycharaych, l'avez lu dans mon esprit. »

« J'étais plus que surpris », dit celui-ci, « mais, comme vous l'avez dit, il est impossible de mentir à un télépathe. Je le crus donc. »

« Le principal souci d'Aline était de se maintenir loin de la portée de votre esprit », continua Flandry, « Et là, vous nous avez bien aidés en allant surveiller les préparatifs de la chaude réception que vous réserviez aux Terriens! Toutes vos forces étaient assemblées dans la vallée, prêtes à anéantir nos vaisseaux dès qu'ils apparaîtraient. »

« Pourquoi n'avez-vous pas fait part au Sartaz de ce que vous saviez, ou croyiez savoir? » demanda Korvash sur un ton accusateur.

Aycharaych haussa les épaules. « J'étais certain que le capitaine Flandry avait pris des mesures pour discréditer à l'avance toutes les informations que nous aurions pu apporter au palais. De plus, vous avez vous-même admis que le Sartaz nous serait encore plus reconnaissant si nous repoussions l'attaque avec nos propres forces. Sans compter que la guerre entre nous et Terra était alors inévitable, tandis que, s'il l'avait appris plus tôt, le Sartaz aurait pu être tenté d'apaiser les choses. »

« Vous avez sans doute raison », dit Korvash avec une moue de dépit.

« Et Aline réussit à convaincre Bronson de miner la vallée », conclut Flandry. « Vous connaissez la suite. Lorsque vous êtes arrivés au palais... »

« Pour tout dire au Sartaz, alors qu'il était trop tard », précisa Aycharaych.

« ... nous eûmes peur que notre spectacle si minutieusement préparé ne tombe à l'eau, et nous eûmes recours à la violence pour nous assurer que vous ne parleriez pas. » Flandry fit un large geste des bras. « Et voilà tout, messieurs. »

« Il y aura d'autres jours », dit Aycharaych avec douceur. « Mais je suis heureux que, ce soir, notre rencontre soit pacifique. »

La réception dura jusqu'aux premières lueurs de l'aube. Au moment du départ, après d'innombrables protestations, légèrement avinées, de respect et de bonne volonté, Aycharaych prit la main d'Aline dans ses mains osseuses, et ses étranges yeux dorés fouillèrent les siens. Elle sut que son esprit sondait les profondeurs du sien.

« Au revoir, chère amie », lui dit-il si bas que les autres ne purent l'entendre. « Tant qu'il y aura des femmes comme vous, Terra ne sombrera pas, j'en suis certain. »

Elle regarda sa longue silhouette s'éloigner dans le couloir, et son regard se troubla légèrement. Comme il est étrange, pensa-t-elle, que son ennemi sache ce que l'homme qui était à côté d'elle ignorait.

Pour la gloire

1

C'est le meurtre d'un homme sur une planète glaciale qui donna à Flandry son premier indice. Jusqu'alors, il savait simplement qu'un monstre s'était enfui de Conjumar dans un astronef contaminé et délabré; ce dernier était susceptible de parcourir vingt années-lumière avant de tuer son pilote, mais certainement pas de franchir les Marches de Spica pour trouver refuge au-delà.

Et l'ennui (même pour l'Empire Terrien avec ses quatre millions d'étoiles) était qu'une sphère large de vingt années-lumière renferme une quantité diabolique de soleils.

Flandry s'était mis à l'action. Il envoya dans cette zone le peu d'agents qu'il pouvait soustraire à d'autres tâches – les provinces limitrophes manquaient désespérément de personnel – enquêter sur les planètes les plus propres à accueillir le monstre. Naturellement, ils revinrent bredouilles. Les probabilités étaient totalement contre eux. Même s'ils avaient exploré la planète abritant le fugitif, celui-ci était terré pour une longue période.

Flandry jura, renvoya ses hommes à des travaux plus importants et plaça son monstre dans les dossiers en attente. Deux ans plus tard il fut envoyé sur Bételgeuse et apprit l'art de mentir à un télépathe. Il s'introduisit dans l'Empire Merséien, fouina et soudoya jusqu'à ce qu'il découvrît une planète convenable (inhabitée, terrestroïde, utilisée par les aristocrates comme réserve de chasse) puis revint au pays : à la suite de quoi la Flotte Terrienne installa secrètement sur place une base avancée, et Flandry se demanda si la même chose ne s'était pas produite de son côté de la barricade. Il prit son congé sur Terre, fut invité au banquet permanent de la famille Léonide, y passa trois mois terrestres, et ne sut jamais exactement s'il avait séduit l'épouse qu'il n'eût pas dû approcher, ou si c'était elle qui l'avait séduit. Quoi qu'il en soit, il se battit en duel contre son gré, abandonna tout espoir d'être promu, jeune, au rang de contre-amiral, et accepta une nouvelle nomination dans la province de Spica.

C'est ainsi qu'il se retrouva sur Brae.

Quelques mois plus tôt, ce monde était encore indépendant. Puis des considérations militaires avaient provoqué l'établissement d'une nouvelle base dans la région. Il n'était pas nécessaire que ce fût sur Brae, mais un gouverneur provincial avait demandé Brae en pensant que ses habitants se féliciteraient du commerce et de la protection supplémentaires. Le Grand Temple de Brae, qui depuis longtemps voyait son ancienne culture et sa religion sapées par l'influence terrienne, avait décliné l'offre. On ne décline pas une invitation impériale. Elle fut réitérée. Cette fois, elle fut refusée. Le gouverneur de province insista. Brae déclara que, passant au-dessus de lui, la planète s'adresserait à l'Empereur en personne. Le gouverneur, qui ne souhaitait pas voir l'attention dirigée sur ses méthodes, demanda l'appui de la flotte locale.

Voilà pourquoi Flandry progressait parmi des ruines, sous un minuscule soleil rouge, tandis que de rares flocons de neige, semblables à des gouttes de sang, tombaient des gros nuages amoncelés. Il menait l'opération comme il est de coutume en pareil cas – recherches, enquêtes, nouvelles recherches, nouveaux interrogatoires, jusqu'à ce que les irréductibles fussent trouvés et bannis, et les individus susceptibles de collaborer introduits dans une structure gouvernementale. Mais, lorsque la détonation retentit, il fit volte-face et se précipita en direction du bruit, comme vers quelque protection inconnue.

« Capitaine! » cria le sergent de son escorte. « Pas par là, capitaine!... Francs-tireurs! Terroristes... *attendez*! »

Il franchit un moignon de muraille, zigzagua à travers la rue boueuse et s'accroupit derrière un hélico abattu. Sa propre arme était sortie, pointant en tous sens; ses yeux observaient les environs avec la prudence de rigueur. Devant lui, sur une petite place, se trouvait une escouade de *marines* impériaux. Ils devaient se trouver en patrouille lorsqu'on avait tiré sur eux de l'une des maisons voisines. Ils avaient riposté avec une précision féline. Une flèche traçante, lancée d'un ceinturon dès que le coup était parti, avait suivi le sillage des ions jusqu'à certaine façade. Une roquette avait jailli de son chargeur porté à dos d'homme, et toute la façade de l'habitation avait été pulvérisée. Pendant l'explosion même, l'escouade avait attaqué. Quelques débris avaient heurté les casques au cours de l'assaut.

Flandry s'aventura vers la place. Il vit alors pourquoi la réaction des hommes avait été d'anéantir : c'était de rigueur lorsqu'un *marine* était frappé à mort.

Il se pencha sur la victime. C'était un jeune homme de race africaine, aux épaules larges; mais sa peau était devenue grise. L'homme saisit son fusil magnétique d'un mouvement automatique (ou bien n'était-ce que le retour impulsif au sein de la mère – quand la bouche du mourant refait le simulacre de téter?) et le regarda à travers ses lunettes de batracien, sous le casque en forme de tortue. Il n'était donc pas encore mort. Le sang coulait à flots de son estomac déchiqueté et se perdait dans la neige boueuse. Sous ce soleil pâle, il paraissait noir.

Flandry leva la tête. Ses hommes d'escorte l'avaient rejoint, quoique leurs figures fussent tournées avec envie dans la direction des *clomp-clomp* des armes : armes automatiques et lance-roquettes. Eux aussi étaient des *marines*.

« Transportez-le dans un hôpital », dit Flandry.

« Pas la peine, mon capitaine », répondit le sergent. « Il serait mort avant d'y arriver. Et nous n'avons ni matériel de survie ni même de quoi le prolonger jusqu'à ce qu'on lui fabrique une autre boîte à ragoût. »

Flandry, hochant la tête, s'agenouilla auprès du jeune homme.

« As-tu besoin de quelque chose, mon gars? » demanda-t-il de sa voix la plus douce.

Les lèvres épaisses se retroussèrent sur les dents éblouissantes.

« Ah... ah... ah... » gémit le moribond. « Celui d'Uhunhu savait tout. » Les yeux roulèrent dans leurs orbites. « Oui! N'écoute pas, il disait. Ne te laisse pas embobiner par les recruteurs... saleté d'Empire... même pour apprendre l'art de la guerre, n'écoute pas... La liberté viendra-t-elle des esclavagistes? demandait celui d'Uhunhu. C'est lui qui enseignait tout ce qu'il fallait savoir, pas vrai? » La main libre du soldat étreignit nerveusement celle de Flandry. « Tu piges? »

« Oui », dit Flandry. « Tout va bien. Dors. »

« Oui, oui, regarde-la, en haut; elle sourit... » Malgré lui, Flandry leva la tête. Il se trouvait auprès d'une fontaine, qui contenait surtout des glaçons. Une mince colonnette s'élevait au centre, soutenant une statue de femme nue. Elle n'était pas véritablement humaine. Elle avait des jambes trop longues, ainsi qu'une queue, une poche abdominale et un pelage léger, mais Flandry avait rarement vu autant de beauté incorporée dans du métal; elle était le printemps, le premier baiser tremblant échangé sous des peupliers frémissants. Le *marine* agonisant hurla.

« Laisse-moi, laisse-moi! Toi, là-haut, laisse-moi! Ne souris pas! Je me suis engagé pour apprendre comment libérer Nyanza, entends-tu, ne bois pas mon sang aussi vite. Ce n'est pas ma faute si j'ai fait de nouveaux esclaves. Je voulais être libre à mon tour! Éloigne tes dents de mon corps, femme... maman, maman, ne me mange pas, maman... » Là-dessus le jeune homme mourut.

Dominic Flandry, capitaine du Service de Renseignements de la Flotte Impériale Terrienne, resta à son côté, auprès de la fontaine, tandis que les *marines* démolissaient une ou deux autres maisons pour faire bonne mesure. Un escadron d'infanterie en armure, semblable à des poupées siamoises sans visage, exécuta une attaque sous le couvert des boucliers. un instrument à cordes vibra depuis une fenêtre, de l'autre côté du rond-point. Flandry ne connaissait pas la gamme de Brae : cette musique pouvait signifier mépris, défi, ballade ou signal en code.

Finalement il demanda :

« L'un de vous sait-il d'où venait cet homme? »

Son escorte semblait l'ignorer.

« C'est un colonial, capitaine, à en juger par son apparence », hasarda l'un des soldats. « On en engage des tas, vous savez. »

« Je le sais bien », trancha Flandry. Il réfléchit encore quelques instants. « Mais il a un dossier, j'oubliais. »

Sa mission s'était soudain transformée. Il devait laisser un autre à sa place et se rendre lui-même au foyer du défunt, tant était grand le manque de personnel. Ces balbutiements délirants pouvaient signifier beaucoup ou rien. Plus vraisemblablement *rien,* mais l'emprise de la civilisation était terriblement faible là-bas, où les étoiles allaient se perdre dans la barbarie, à proximité de l'Empire Merséien – dans la grande nuit galactique inexplorée.

Sur le moment il ne songea pas au monstre, mais seulement au fait qu'il était seul parmi ses collègues conquérants – et partirait avec joie en mission solitaire. Au moins, un monde comportant des Africains devait être relativement chaud.

Il frissonna, se leva et quitta le square. Son escorte l'accompagna, fusils en bandoulière pointés vers le ciel pâle. Derrière eux, la femme juchée sur la fontaine souriait.

2

La planète se trouvait à cinq parsecs de Brae. C'était la troisième d'une F5 sans intérêt majeur; son nom était Nyanza, elle avait été colonisée 500 ans plus tôt, lors de l'effondrement du Commonwealth. Elle avait reçu le statut de Client de l'Empire un siècle auparavant; quelques révoltes y avaient été matées; il ne s'y trouvait à présent qu'un seul Résident Impérial – cela impliquait que ce monde était inoffensif, mais peu important et guère exploré. La population était évaluée à 10 puissance 7. C'est tout ce que les microdossiers savaient sur Nyanza.

Flandry les avait consultés après avoir identifié la victime, qui était Thomas Umbolu, âgé de 19 ans, homme du commun mais né libre sur Nyanza. Sans enfants ni engagements, sans obligations de servitude, de religion « rattaché au christianisme » – taille 1,82 m, poids 84 kilos, sang type O plus... Ses états de service étaient sans tache mais ne remontaient qu'à un an. L'hypnosonde habituelle préalable à l'engagement n'avait révélé aucune inimitié sérieuse; mais il est vrai que cela ne signifiait pas grand-chose, les techniques du conditionnement mental profond étant tombées dans le domaine public; ce n'était plus qu'un nouveau rite bureaucratique.

Flandry prit un astronef super-rapide et s'enfuit de Brae. Même dans ces conditions, l'inactivité forcée dura assez longtemps pour lui rappeler qu'il était célibataire depuis des semaines. Il consacra une bonne part de ce temps à la gymnastique. Cela l'ennuyait profondément, mais sa bonne condition physique lui avait sauvé plus d'une fois la vie et permis de trouver aisément des partenaires de lit sur des mondes décadents comme Terra.

Lorsque le robot-pilote annonça qu'ils pénétraient dans la zone d'approche, il consacra un long moment à s'habiller. Un officier des Renseignements avait de grandes latitudes en matière d'uniformes, et Flandry en usait plus largement que la majorité de ses collègues. Après mûre réflexion, il inséra sa grande carcasse dans une tunique bleu roi, ornée de buffleteries blanches – et d'autant de galons que le permettaient les règlements; fourragère rouge et paire de pistolets (un choqueur et un exploseur), pantalon blanc iridescent; bottes noires souples, faites en véritable cuir de bœuf terrien. Il couvrit ses épaules d'une cape écarlate et posa une casquette navale sur sa longue tête fine. S'examinant dans la glace, il vit un mince visage bronzé artificiellement, des yeux gris, des cheveux et une moustache aile-de-corbeau, un nez aquilin, des pommettes hautes; oui, il savait que sa dernière opération plasmo-cosmétique l'avait trop embelli... mais il ne s'était pas encore résolu à en subir une autre. Il posa une cigarette entre ses lèvres, lui donna avec soin un angle désinvolte, l'embrasa d'une inspiration et se rendit à son siège de pilote, bien qu'il n'eût rien à faire avec le pilotage réel.

Nyanza brillait sous ses yeux du bleu le plus clair et le plus beau qu'il eût jamais vu, semé de mers de nuages blancs et vibrant sous les tons vifs de l'aurore. Il aperçut deux lunes, la plus petite assez rapprochée, l'autre très lointaine. Il grommela. Où étaient les masses au sol? Son robot prit contact avec le terrain, et l'écran lui fit voir une figure caucasienne surmontant une chemisette à manches courtes.

« Dominic Flandry, capitaine aux Renseignements de la Flotte Impériale, réclame l'autorisation d'atterrir. » Parfois il se demandait ce qu'il ferait si par hasard sa formule polie essuyait un refus brutal.

Le visage parut abasourdi.

« Oh... oh... déjà? »

« Hmm? » fit Flandry. Il se ressaisit. « Hé oui », dit-il finement.

« Mais ce n'est que d'aujourd'hui, capitaine! » balbutia le visage. « Nous n'avons même pas encore songé à envoyer un courrier à l'état-major – c'était un tel cauchemar – oh! Dieu merci, vous voilà! Vous verrez vous-même, dès l'abord, qu'il n'y a pas un Technicien dans la Cité – dans Altla – sur tout Nyanza qui ne place la fidélité envers l'Empereur au-dessus de sa propre vie! »

« Je suis persuadé que l'Empereur en sera extrêmement soulagé », dit Flandry. « A présent, s'il vous plaît, si vous me passiez un faisceau d'atterrissage? » Il y eut un silence, des cliquetis, puis la descente de l'appareil s'amorça. « Au fait, où avez-vous mis vos continents, aujourd'hui? »

« Continents, capitaine? »

« Vous savez bien. Ces grands espaces crasseux faits pour marcher dessus. »

« *Bien sûr* que je le sais! » L'homme de la tour de contrôle se reprit. « Nous ne sommes pas des provinciaux, dans la Cité. Moi-même, j'ai voyagé jusqu'à Spica. Mais en ce qui concerne les continents, je pensais que vous étiez au courant. Nyanza n'en possède aucun. Altla n'est qu'une île de grandeur moyenne. A part cela, il n'y a que des récifs, des écueils submergés à marée haute. »

« Oh! je le savais », dit Flandry d'un ton apaisant. « Je voulais simplement m'assurer que *vous le saviez.* » Il éteignit le récepteur et se mit à réfléchir. Ces maudits manuels succincts du pilote! Il lui aurait fallu se rendre sur Spica pour obtenir des renseignements circonstanciés. Si seulement il avait existé un équivalent de la radio qui fût plus rapide que la lumière; les communications instantanées unifiaient les planètes; mais les jours, les semaines et les mois séparant les étoiles faisaient que leurs systèmes s'éloignaient les uns des autres sur le plan culturel – l'enfer pouvait bien y régner à l'insu de tous, jusqu'au jour de l'explosion – et provoquaient inévitablement une lente progression du féodalisme dans la structure impériale. Évidemment, cela donnerait une position de repli à la civilisation le jour de la Longue Nuit.

L'astroport était semblable à dix mille terrains mineurs : tout juste un faisceau de dégravitation, une piste et quelques bâtiments auxiliaires, loin des limites de la ville. Par-delà les hangars, à l'ouest et au sud, Flandry aperçut la verdure d'une forêt soigneusement entretenue. Vers l'est se dressaient les clochers d'une petite ville ancienne. Au nord le terrain, couvert d'herbes vives et de rochers, descendait à la rencontre d'une mer absurdement bleue, frangée de blanc. Le ciel était un peu plus foncé que celui de Terra (moins de poussière pour refléter la lumière) et sans nuages; le soleil était aveuglant. C'était l'été. Altla se situait par 35 degrés de latitude nord, sur une planète de même importance que Terra, inclinée à 21 degrés sur son axe. L'air donnait l'illusion d'être plus frais qu'en réalité, car le vent était assez vif, sentait le sel, et le soleil riche en ultra-violets lui donnait un puissant relent d'ozone.

Pourtant, Flandry regretta sa stupidité. Le chef de l'astroport, autre blanc aux traits caucasiens, semblait abominablement à l'aise en short, chemisette et képi. Flandry éprouva une satisfaction morose en constatant que ce bien-être était purement physique.

« Chef d'escale Heinz von Sonderburg, pour vous servir. Naturellement, nous annulons la quarantaine en ce qui vous concerne ; un chevalier impérial ne saurait... heu... On va s'occuper de vos bagages, capitaine... Flandry ? C'est vrai. Très honoré. J'ai communiqué avec Madame son Excellence, et j'ai le plaisir de vous apprendre qu'elle peut vous offrir l'hospitalité officielle coutumière. Sinon, nous aurions dû nous arranger avec les pauvres moyens de la Cité... »

« Madame Son Excellence ? » demanda Flandry lorsqu'ils eurent décollé.

« N'est-ce pas la formule consacrée ? » Von Sonderburg fit le geste de se laver les mains. « Oh ! je suis navré. Cette planète est tellement isolée, l'occasion se présente si rarement... Croyez-moi, nous ne sommes rustres que dans nos manières. La Cité possède néanmoins un esprit progressiste de loyalisme absolu envers l'empire qui... »

« Je pensais seulement que, dans un cas où les seuls Terriens de la planète sont le Résident et sa famille, on avait dû nommer un homme. » Flandry contempla la ville à leurs pieds. Elle était vieille, bâtie au hasard, faite de pierre locale, avec d'étroites ruelles, des essaims de piétons, très peu d'automobiles ou d'aéros.

Mais les docks étaient énormes, ultra-modernes, et grouillaient de navires. Il aperçut tout : de la pirogue en plastique au sous-marin géant. Il y avait une majorité de voiliers, ce qui correspondait à une civilisation peu pressée et éprise d'esthétique, mais ces vaisseaux étaient construits selon des lignes hydrodynamiques radicales, qui signifiaient que ladite civilisation aimait aussi l'efficacité. Un puissant remorqueur sortait de la baie avec un long train de péniches chargées, et les transports aériens étaient largement représentés.

Ailleurs, Flandry reconnut une série de transformations d'eau de mer, et leurs usines où un millier de substances dissoutes trouvaient leur utilisation. Un cargo à deux coques déchargeait des balles de... d'algues?... sur le quai d'une usine qui produisait visiblement des matières plastiques. Ainsi, se dit-il, presque tout Nyanza pêchait, chassait et exploitait l'océan qui couvrait la planète; cette île recevait les matières premières et restituait métal, carburants chimiques, matériaux, résines, verres, fibres synthétiques, moteurs. Il connaissait bien les techniques pélagiques – la plupart des mondes surpeuplés se tournaient finalement vers l'océan nourricier. Mais ici, ils avaient commencé comme marins – dès le début. Cette société devait être intéressante...

La voix de von Sonderburg le rappela à la réalité.

« Mais bien sûr que ce pauvre citoyen Bannerji était un homme. Je veux parler de sa... heu... dépouille. Pauvre Dame Varvara! C'est une Ayres de naissance, vous savez, des Ayres d'Antarctica. Elle a supporté son deuil avec la réelle force de caractère du sang impérial aristocratique; oui, nous pouvons être fiers d'avoir été dirigés par feu le mari de Varvara Ayres Bannerji. »

Flandry tourna sa phrase de manière à prolonger l'illusion.

« Connaît-on l'heure précise de son décès? »

« Hélas, non. Vous pourrez parler aux enquêteurs de la Cité, mais je crains qu'eux-mêmes ne possèdent pas de renseignements précis. Au cours de cette nuit, après son coucher. Vous comprenez, nous n'avons pas vos méthodes policières modernes. Un fusil lance-harpon... Oh! quelle façon de trouver le repos final! » Von Sonderburg frémit.

« L'arme n'a pas été retrouvée? » demanda Flandry, impassible.

« Non, je ne pense pas, capitaine. Le tueur l'a conservée; c'est portatif, voyez-vous. Il a dû grimper le long du mur avec des semelles spéciales, ou encore lancer un grappin pour accrocher la barre d'appui de la fenêtre et... Son Excellence dormait toujours profondément et son épouse... heu... préférait faire chambre à part. Vous pouvez être certain que l'assassin ne traversa pas la maison pour atteindre la chambre à coucher du citoyen Bannerji. Les serviteurs sont tous de souche technicienne, et pas un Technicien ne songerait *jamais à...* »

La villa du Résident apparut à leurs yeux. Elle remontait probablement à 75 ans, mais le métal et le plastique coloré en demeuraient éclatants parmi les jardins classiques, au milieu d'une masse d'immeubles locatifs. Tandis que l'aérocar atterrissait, Flandry remarqua que la population de la Cité était pour la plus grande part d'apparence caucasienne et n'avait même pas la peau foncée. Les habitants encombraient les rues pullulant d'enfants et de femmes dépenaillées qui gesticulaient en marchandant à grands cris; les hommes qui ne travaillaient pas à l'usine tenaient des petites boutiques crasseuses. Deux gendarmes, casqués et porteurs de plaques de poitrine, montaient la garde à l'entrée de la villa. C'était deux grands Africains, qui se servaient de choqueurs avec une espèce de calme dédain pour refouler les curieux.

Dame Varvara était aussi caucasoïde, quoique les caractères chinois du pedigree des Ayres parussent dans sa chevelure noire et son ossature légère. Exquise dans sa simple robe blanche de deuil, elle se tenait auprès d'un stéréo grandeur nature de son défunt mari. Hurri Chundra Bannerji avait été un petit Terrien brun, d'âge mûr, aux yeux rêveurs : sans nul doute le fonctionnaire typique, serviteur du règlement, consciencieux, dont les rêves d'accéder à la Chevalerie s'éteignent doucement avec les années. Et voici qu'il venait d'être tué.

Flandry s'inclina devant la main fluette de Dame Varvara.

« Madame », dit-il, « acceptez mes condoléances les plus sincères, et veuillez pardonner mon intrusion à une heure aussi douloureuse. »

« Je suis si heureuse de vous voir », murmura-t-elle. « Si heureuse. »

Elle avait une sorte de sincérité troublée qui faillit décontenancer Flandry. Il recula avec une nouvelle révérence. « Ne vous inquiétez plus, Madame, je vais m'occuper de la question avec les autorités. »

« Les autorités ! » Le mot fit explosion parmi les quelques objets de fin cristal terrien. La pièce contenait, de plus, les élucubrations d'un art qui n'avait pas vu Terra depuis des siècles. « Quelles autorités ? Avez-vous amené un régiment ? »

Non. » Flandry détailla du regard la longue pièce basse. Un valet silencieux venait de poser une carafe et des verres à proximité du mur de treillis qui donnait sur les jardins. Après son départ, il n'y eut plus personne à portée d'oreille. Flandry sortit ses cigarettes et haussa les sourcils avec un air interrogateur. Il s'aperçut qu'elle était plus jeune que lui-même.

Elle sourit de ses lèvres décolorées.

« Merci », dit-elle, à voix si basse qu'il l'entendit à peine.

« Eh ? Pour quelle raison, Madame ? Je suis plutôt un piètre réconfort. »

« Oh ! non », dit-elle. Elle s'approcha. Ses réactions ne semblaient pas très naturelles : trop calmes, trop franches pour une veuve de fraîche date, puis, soudainement et brièvement, trop impulsives. Forte dose de mysticisme, pensa-t-il.

Il était très courant, dans la haute classe impériale, d'ériger des murailles chimiques contre la souffrance, la crainte ou... *Que fait-on lorsque les murailles s'effondrent?* se dit-il.

« Oh! non », répéta Dame Varvara. Ses paroles se mirent à jaillir rapidement et sur un ton aigu. « Peut-être ne comprenez-vous pas, capitaine. Vous êtes le premier Terrien que j'aie vu, excepté mon mari, depuis... combien de temps? Quelque chose comme trois années de Nyanza, soit environ quatre terriennes. Encore n'était-ce qu'un délégué militaire rougeaud en inspection périodique officielle. A part lui, qui avons-nous vu? Le maire et ses adjoints nous visitent plusieurs fois chaque année, par courtoisie. Les chefs marins devaient aussi venir nous voir lorsqu'ils touchaient Altla... non point par goût, vous vous en doutez, mais uniquement parce qu'il était au-dessous de leur dignité de ne pas observer les usages. *Leur dignité!* » Ses joues brûlaient. Elle se tenait tout près de lui, les yeux furibonds, regardant en l'air; elle serrait ses poings gros comme des pattes d'oiseau. « Comme si l'on était tenu de remarquer l'existence d'un hôte indésirable! »

« L'Empire n'est donc pas aimé ici? » murmura Flandry.

« Je l'ignore », dit-elle en se détendant un peu. « Tout ce que je sais, c'est que les seuls gens que nous recevions avec une certaine régularité – nos seuls amis, Dieu me garde, des amis! – étaient les Rampants. »

« *Les quoi,* Madame? »

« Les gens de la Cité. Les Techniciens, les Visages Pâles, ce que vous voudrez. Comme ce petit joufflu : von Sonderburg. » Elle criait de nouveau. « Savez-vous ce que c'est, capitaine, de ne frayer qu'avec des classes inférieures? Cela déteint sur vous. Votre âme devient poisseuse. Par exemple ce von Sonderburg... sans cesse aplati devant Hurri Chundra... il n'allumerait jamais un cigare en ma présence sans me demander lourdement – je connais sa formule par cœur, je l'ai entendue un million de fois, j'en hurlerais – Madame voit-elle un inconvénient à ce que fume? »

Varvara s'écarta. Ses épaules nues frémissaient.

« Madame voit-elle un inconvénient? Madame voit-elle un inconvénient? C'est alors que vous survenez, capitaine (les poumons encore pleins d'air terrien, j'en jurerais), vous prenez un étui à cigarettes et vous haussez les sourcils. Tout simplement. Sans plus. Un geste de *chez nous,* un rite; vous savez que j'ai des yeux pour voir ce que vous faites, une intelligence pour savoir ce que vous désirez... Oh! soyez le bienvenu, capitaine Flandry, soyez le bienvenu! » Elle saisit à deux mains le treillage en contemplant le jardin. « Vous venez de la Terre », murmura-t-elle. « Je serai à vous ce soir, n'importe quand, immédiatement si vous voulez, pour vous remercier d'être Terrien. »

Flandry tassa une cigarette sur son pouce, la plaça en berne à ses lèvres et aspira fortement. Il jeta un coup d'œil aux yeux bruns et tristes de

Hurri Chundra Bannerji et dit intérieurement : *Navré, cher ami. Je ne suis pas un salaud, et je ferai mon possible pour l'éviter, mais mon métier m'oblige à une certaine délicatesse. Pour l'Empire et pour la Race!*

« Je suis désolé de m'immiscer alors que vous êtes encore bouleversée, Madame », dit-il. « Naturellement, je m'occuperai de votre retour au Quartier Général de la Région ; et si vous désirez, de là, rentrer chez vous... »

« Après toutes ces années », marmonna-t-elle. « Qui me connaîtrait encore? »

« Heu... puis-je vous suggérer, Madame, de prendre un peu de repos... ? »

La sonnerie d'un intercom les sauva tous deux. Varvara dit d'une voix tremblante : « Oui? » et le maître d'hôtel répondit : « Excusez-moi, Madame, mais je viens d'apprendre qu'une personne autochtone distinguée est arrivée. Dois-je faire remettre sa visite officielle à plus tard? »

« Oh Je n'en sais rien. » La voix de Varvara était éteinte. Elle ne regardait pas Flandry. « Qui estce? »

« Madame Tessa Hoorn, Madame. La Maîtresse des Phares de Petit Skua à Jairnovaunt. »

3

Lorsqu'ils arrivèrent au Courant Zurien, l'eau qui, d'un bleu méditerranéen, était devenue violette, se chargeait de traînées d'écume scintillantes, comme de la neige durcie.

« Ce courant contourne au nord les Bancs et passe au-delà des Récifs des Pleurs », annonça Tessa Hoorn. « Grâce à lui nous gagnons quelques nœuds. Quoique rien ne nous presse, n'est-ce pas? »

Flandry, à travers de sombres verres de contact, scruta l'horizon irréel. Le soleil jouait sur la multitude de vaguelettes rieuses.

« Je suppose que cette couleur est due au plancton », dit-il.

« A des organismes semblables au plancton », rectifia Tessa. « Nous ne sommes pas sur Terra, capitaine. Mais il est vrai que les poissons-huiles s'en nourrissent, puis nourrissent à leur tour les *décapus,* et nous utilisons ces deux espèces. » Elle tendit le bras. « Ces pavillons portent les rayures de Dilolo sur champ vert de Saleth : ce sont les bateaux de pêche du Prince d'Aquant. »

Les yeux éblouis de Flandry distinguaient à peine les navires dans cette lumière impitoyable. Depuis que le vent était tombé, le vaisseau Hoorn naviguait sur son moteur auxiliaire, et il n'y avait plus l'ombre des larges voiles. Une tente était dressée à mi-pont, sous laquelle reposaient des matelots à la musculature superbe, semblables à de jeunes dieux sculptés dans l'ébène poli, et qui battaient des mains au rythme d'un étrange chant de flûte. Le Terrien aurait payé cher pour jouir d'un peu de cette ombre. Mais puisque Tessa Hoorn restait sur le gaillard d'avant, il était bien obligé de se résigner. C'était une épreuve d'endurance, comprit-il, tous les avantages étant pour Tessa.

« Votre nation pêche-t-elle aussi dans ce courant? » s'enquit-il.

« Un peu », dit-elle. « Mais nous autres, de Jairnovaunt, voguons vers l'ouest et le nord pour harponner les érakens – ah! celui qui n'a jamais combattu cet animal plus gros qu'un navire ne connaît pas la vie! – et autres proies plus faciles. De plus, T'chaka Kruger exploite un grand banc d'algues-haricots dans les Petites Sargasses. Et j'avoue que non seulement le peuple mais encore certains capitaines héréditaires récoltent les coquillages des hauts fonds ou plongent à la recherche du sporyx. Il y a aussi les charpentiers, tisserands, mécaniciens, médecins et ingénieurs, toutes les professions indispensables, ainsi que les acteurs et les mimes – bien que, à vrai dire, ce sport soit surtout pratiqué par des troupes itinérantes de comédiens sans attaches, qui errent au gré de leur fantaisie. » Elle haussa ses larges épaules. « Le commandant pourra vous énumérer toutes les professions existant dans son royaume si vous le demandez, Impérial. »

Flandry la dévisagea avec plus d'attention que d'agrément. Il n'avait pas encore compris son attitude. Était-ce du dédain ou plutôt de la haine?

Les marins de Nyanza étaient presque tous d'ascendance africaine – les trois quarts de leurs ancêtres avaient été négroïdes à l'époque où des réserves plus ou moins « pures » existaient encore. Dans ce monde violemment éclairé, plus brûlant que les déserts terriens, la sélection s'était faite presque intégralement en faveur de la pigmentation noire : hors de la cité d'Altla, aucun citoyen de Nyanza n'était plus blanc que l'as de pique. Cela mis à part, les gènes étaient fort librement répartis : cheveux crépus, nez épatés et lèvres épaisses étaient la majorité, avec pourtant de nombreuses exceptions. La chevelure de Tessa formait derrière ses oreilles une auréole aux courbes douces; ses narines palpitantes s'évasaient dans sa large figure aux sourcils arqués, mais son nez était aquilin. Sans son expression de dédain aristocratique, c'eût été un visage d'une beauté achevée. Le reste de sa personne était encore plus frappant : elle était presque aussi grande que Flandry, large d'épaules, fine de taille et musclée comme un chat siamois. Elle ne portait qu'un médaillon indiquant son grade sur le front, une dague à une ceinture, et l'inévitable aquascaphe dans le dos... ce qui laissait bien des choses à l'admiration de Flandry. Mais, même avec les plumes, une robe à traîne et une cape multicolore, elle eût fait sensation chez le Résident.

Quoi qu'il en soit, songea Dominic Flandry, *le mot « frappant » peut avoir deux sens. Je ne suis pas sur le point de faire la cour à la Maîtresse des Phares de Petit Skua.*

Il demanda prudemment :

« D'où proviennent les Techniciens? »

« Oh! ceux-là? » Une légère grimace méprisante fronça sa lèvre rouge. « Eh bien, voyez-vous, les premiers arrivants s'installèrent à Altla mais, au fur et à mesure que les colons arrivaient, l'espace manqua, et ils se mirent à exploiter la mer. Ceci s'avéra une existence tellement meilleure que bien peu continuèrent à travailler sur la terre ferme. Des places restant ainsi disponibles on vit fourmiller les amateurs de terre et leurs compagnes. Il se trouve qu'ils venaient presque tous du Deutschwelt. Quand nous eûmes suffisamment de ces individus et sûmes qu'ils sauraient s'acccroître, nous mîmes fin à l'immigration, car ces gens n'osent pas travailler comme marins, cela leur donne des maladies de peau... et Altla ne possède guère de place. »

« J'aurais cru qu'ils étaient puissants sur la planète, avec ces raffineries de première importance, etc. »

« Non, capitaine. Altla et tout le reste appartiennent en commun à toutes les *véritables* nations de Nyanza. Les Techniciens ne sont que des mercenaires. Cependant, il est exact que l'argent leur colle aux doigts et que leurs comptes en banque sont plus importants que ceux de maints capitaines. Voilà pourquoi nous leur interdisons d'avoir des navires. »

Flandry regarda son propre costume. Il avait évité le semi-uniforme de la classe détestée et emportait dans sa valise des chemisettes, des pantalons, des zoris et un ceinturon : sur sa tête, le soleil de l'Empire ornait sa casquette ailée. Mais il ne pouvait nier le fait, si évident, que sa propre civilisation était plus terrestre qu'océanique... Et un agent impérial, s'il était souvent haï, ne pouvait se permettre d'être méprisé. En conséquence, Flandry leva un sourcil (Expression Sardonique numéro 22 C, se dit-il) et ricana :

« Je vois. Vous craignez qu'étant plus intelligents, ils ne finissent par posséder tous les bateaux de la planète. »

Il ne put voir si elle rougissait sous sa douce peau noire luisante de sueur, mais elle serra les lèvres et porta la main à son poignard. Il songea que, d'un geste, elle pouvait le faire jeter à la mer. Finalement elle s'écria :

« Est-ce la nouvelle mode, sur Terra, que d'insulter son hôtesse? Vous savez parfaitement que ce n'est pas une question de cerveau, mais d'adresse. Les Rampants sont habitués dès leur naissance à manipuler de l'argent. Mais combien d'entre eux sont-ils capables de manier les voiles – ou simplement de nommer les cordages? Le pouvez-vous? »

L'injustice de Flandry avait été calculée. Son refus de répondre directement à la question le fut aussi.

« C'est que », dit-il, « l'Empire s'efforce de respecter les us et coutumes locaux. Seules les pratiques les moins civilisées sont interdites. »

Ceci la piqua au vif; elle tressaillit. Presque tous les coloniaux étaient violemment sensibles à leur isolement du grand courant galactique. Ils ne s'apercevaient pas que, grâce à cela, leurs propres sociétés n'étaient pas arriérées – elles étaient souvent plus florissantes – et la raison en était enfouie dans les profondeurs de la déraison humaine. Mais ce fait pouvait être utilisé.

L'ayant suffisamment irritée, Flandry conclut froidement :

« Et naturellement, l'Empire ne saurait tolérer de conspiration contre lui. »

Tessa lui répondit d'une voix contenue :

« Capitaine, personne ne conspire ici. Les hommes libres sont *aussi* honnêtes avec leurs ennemis. *C'est vous* qui appliquez la fourberie. Car, voyez-vous, je suis passée à Altla en revenant du Kraal, et c'est par pure courtoisie que j'ai rendu visite à la Résidente. Quand vous m'avez priée de vous transporter à Jairnovaunt, j'ai accepté parce que les gens de l'océan ne refusent pas de rendre un tel service. Mais je savais très bien que vous voyagiez avec moi, plutôt que d'utiliser un avion qui aurait mis une heure ou deux, afin de pouvoir me sonder, m'espionner. Et vous n'avez guère été franc quant à vos raisons de visiter mon pays. » Sa voix au timbre profond se transforma en grondement. « Ce sont des manières de Rampants! Vous n'irez pas bien loin dans l'exécution de votre mission au nom d'une planète de Rampants et d'amis des Rampants! »

Elle dégaina son poignard, l'examina et le replaça dans son étui. Sur le pont central, les hommes sursautèrent. Le silence se fit si profond que Flandry entendit le ronflement régulier de l'étrave dans le murmure des vagues, le clapotis au long de la coque et le craquement des vergues dans le ciel.

Il s'adossa contre un bordage brûlant et prononça lentement :

« Je me rends à Jairnovaunt parce qu'un homme est mort en serrant ma main. Je veux retrouver sa famille... » Il lui offrit une cigarette;

elle hocha la tête. Il se servit. « Mais je n'y vais pas uniquement pour offrir mes condoléances personnelles. Les notes de frais impériales ne sont pas élastiques à ce point. Et puisque nous sommes francs, j'avoue que je n'inviterais pas von Sonderburg chez moi. »

Il exhala la fumée, qui était presque invisible dans la lumière aveuglante.

« Peut-être ne conspireriez-vous pas dans le dos de quelqu'un, Madame. Au fait, *qui* conspirerait sous le nez des gens? Mais à l'heure actuelle, sur Nyanza, il se couve un œuf extrêmement vilain. Cet homme ne s'était pas engagé, lors du passage du Recruteur Impérial, pour la gloire ou pour l'argent : mais bien pour apprendre les techniques militaires modernes dans le but de les utiliser *contre l'Empire*. Et il est mort dans la neige salie, abattu par un patriote local *que lui-même pourchassait*. *Qui* a envoyé ce jeune homme à la mort, Maîtresse des Phares? Et qui, après avoir franchi un mur, a tué d'un coup de harpon un inoffensif petit fonctionnaire isolé, pendant son sommeil? Ou plus exactement, qui a envoyé cet assassin, et pourquoi? Il se passe réellement des choses peu catholiques. Je trouve que vous devriez apprécier mes efforts pour en débarrasser votre planète! »

Tessa se mordit les lèvres. Au bout d'un moment, sans le regarder, elle répondit :

« Je ne connais pas de complot de ce genre, capitaine. Je ne juge pas votre Empire – ce que je pense ne regarde que moi; il est vrai que nous n'avons pas subi grand-chose, si ce n'est un Résident et quelques taxes... »

« Lesquelles étaient certainement plus élevées lorsque chaque nation veillait à sa propre défense », coupa Flandry. « Oui, nous nous contentons d'un seul homme sur des mondes comme celui-ci. En fait, nous préférerions en installer une plus grande quantité, parce qu'une police suffisante serait à même de déceler les troubles avant qu'ils prennent trop d'importance et de juguler les restes de barbarie remontant aux jours de l'Indépendance. »

Elle se hérissa de nouveau. Il reprit hâtivement.

« Non, je vous en prie; cette fois je ne voulais pas vous fâcher. Sans contredit, Nyanza semble être depuis toujours un lieu très humain. Si vous n'utilisez pas toutes les dernières nouveautés techniques, c'est parce qu'elles n'offrent pas d'intérêt pour votre culture, et non parce que vous oubliez les sciences de vos ancêtres. Bien que simple béotien, je puis néanmoins voir que vos voilures bizarres sont des merveilles d'aérodynamisme; je suis certain que ce foc paraboloïde utilise l'effet de Venturi. Votre langue est archaïque du point de vue grammatical, mais très efficace sur le plan de la sémantique. J'imagine que certains poètes de notre cour seraient ravis par votre façon de vivre. Et éprouveraient un mal de mer terrible s'ils se hasardaient à en tâter... mais cela est une autre histoire. En conséquence », termina-t-il d'une voix neutre, « j'éprouve un peu plus de sympathie pour Hurri Chundra Bannerji – qui se démenait, trouvait des emplois pour vos jeunes gens les plus ambitieux, créait des rades, faisait venir des vaccins et n'était jamais admis dans vos clubs – que je n'en éprouve à votre égard. »

Elle se pencha pour regarder les tourbillons blancs et violets de l'eau, et dit lentement :

« La présence de l'Empire n'a jamais été demandée ici. »

« Pas moins qu'une autre. L'Empire Terrien s'est établi le premier dans cette région. L'Empire Merséien serait un maître autrement exigeant – ne serait-ce que parce qu'il est encore vigoureux, expansif, vertueux et généralement non corrompu, alors que Terra va tranquillement à l'opposé. »

Stupéfaite, la femme leva la tête avec vivacité, comme il l'espérait. « Puisque l'Empire doit protéger ses frontières – afin que Terra ne soit pas effacée du ciel – nous resterons. Il vaut mieux déconseiller à certaines jeunes têtes brûlées de Nyanza de vouloir harponner des cuirassés spatiaux. Quiconque provoquerait semblable imbécillité est votre ennemi aussi bien que le nôtre.

Elle le regardait, rêveuse. Au bout de quelques instants elle lui demanda :

« Avez-vous déjà nagé sous la mer, capitaine ? »

« J'ai fait un peu de chasse sous-marine pour me distraire », dit-il, surpris. Il avait parlé à moitié franchement, à moitié au hasard, sans jamais être certain de la portée de ses phrases, et il pensait avoir touché la bonne corde. Mais cette question le déconcertait.

« Pas plus? Et vous êtes absolument seul dans ce monde qui s'écarte de vous... s'il ne projette pas de vous abattre? Capitaine, je regrette d'avoir dit que vos semblables étaient des Rampants. »

Le soulagement fut comme une vague de lassitude. Flandry aspira une profonde bouffée de sa cigarette et répondit sur un ton léger :

« Ils ne peuvent pas faire plus que de me tuer, ce qui ne gênerait que mon tailleur et mon cabaretier. Aviez-vous entendu dire que le lâche subit mille morts, et le héros une seule? »

« Oui. »

« Eh bien, à partir de la 857e, je m'en suis désintéressé. »

Elle se mit à rire et il poursuivit ses plaisanteries tout en songeant à autre chose. Non qu'il espérât que la Maîtresse des Phares de Petit Skua lui devienne physiquement accessible; il avait l'impression que la jeune personne était chaste. Mais le trajet de plusieurs jours jusqu'à Jairnovaunt pouvait être rendu fort agréable par un petit flirt, et il apprendrait beaucoup plus que si ses compagnons de voyage étaient hostiles. Par exemple, il saurait si le vin importé qu'il avait aperçu dans la cambuse était meilleur que le vin à base d'algues fabriqué localement. Il avait menti en prétendant qu'il lui était indifférent de vivre ou de mourir, alors qu'une femme jeune et souple se tenait devant lui, vêtue de lumière, alors que des pur-sang galopaient dans les plaines d'Ilion, et que sur Terra l'odeur du café se mêlait à celle du cognac. Mais la moitié de son plaisir venait de l'enjeu de ces choses contre l'obscurité absolue.

4

La marée montait lorsqu'ils atteignirent Jairnovaunt, et tous les récifs, toutes les habitations juchées dessus, étaient engloutis à plusieurs mètres sous la surface. Le navire Hoorn louvoya parmi des bouées multicolores jusqu'à l'un des docks flottants. Des gens de mer y grouillaient, évoluant tels des dauphins entre les bâtiments ancrés ou tels des écureuils dans les hautes mâtures. Ils déchargeaient du poisson, raccommodaient des filets, révisaient des moteurs. Quelque part une flûte et un tambourin accompagnaient une centaine de voix profondes chantant *Way-O* tandis que les pieds nus martelaient allègrement. Flandry s'aperçut qu'à sa vue, le silence s'étendait comme des ondes. Mais il plongea derrière Tessa dès que le navire fut amarré.

Les habitants de Nyanza n'étaient jamais loin de leur aquascaphe. Il sembla à Flandry que leur appareil était plus perfectionné que tous les modèles qu'il avait pu voir : un casque transparent, un petit système à piles porté sur le dos, qui tirait directement, par électrolyse, l'oxygène de l'eau et ajoutait de l'hélium provenant d'une bouteille à haute compression. En réglant le débit de chaque gaz, on pouvait plonger très profondément.

Fouillant du regard la fraîche clarté verdâtre, Flandry vit que Jairnovaunt était très grande : des tours et des dômes submergés brillaient à perte de vue. Le travail continuait : un cargo sous-marin, environné d'une nuée de moucherons humains, déchargeait des balles dans les tubes d'un entrepôt. Mais il y avait aussi des enfants qui circulaient parmi les étranges spires et les grottes d'un parc de coraux ; un vieillard nourrissait de sa main un banc de petits poissons zébrés de couleurs vives; un garçon et une fille nageaient, se tenant par la main, dans un émerveillement silencieux.

En arrivant au grand hall blanc du Commandeur, chef héréditaire de Jairnovaunt, Flandry était encore sous le charme des jardins classiques qui remuaient doucement sous l'eau, et vit à peine la grâce architecturale du portique. Même le sas dans lequel il entra participait au style de l'ensemble, style curieux pour des yeux terriens, car il alliait des ornementations délicates à des masses brutales, à l'instar de l'océan lui-même.

Quand toute l'eau fut évacuée du sas, un jet d'air sécha les vêtements de Flandry ainsi que la peau soyeuse de Tessa. Ils pénétrèrent dans un couloir aux murs décorés d'abstractions d'allure martiale. Au-delà de gardiens porteurs du fusil lance-harpon omnivalent, et après une cloison de secours, le passage débouchait sur une vaste salle circulaire, entourée de piliers de malachite blanche qui supportaient une coupole translucide. Une quarantaine de citoyens de Nyanza, âgés de 20 ans et plus, se tenaient là ; certains ne portaient qu'un aquascaphe, d'autres une légère chemisette bariolée et un kilt. Tous étaient drapés dans leur dignité. Rares étaient les femmes, dont certaines vêtues de robes ou de plumes, mais toutes aussi dignes que les hommes.

Tessa s'avança et salua.

« La Maîtresse des Phares de Petit Skua revenant de sa mission au Kraal , Sire. »

Le Commandeur Inyanduma III était puissant, le visage lourd, les cheveux laineux et grisonnants ; l'insigne de son rang était tatoué sur son front (une Étoile Polaire, dorée entre les sourcils).

« Sois la bienvenue », déclara-t-il. « Ainsi que ton invité. Qu'il soit des nôtres. Et que son nom soit respecté. »

Le Terrien exécuta une révérence.

« C'est un honneur, Sire. Je suis le capitaine Dominic Flandry, de la Flotte Impériale. La Maîtresse des Phares Hoorn a eu la bonté de me conduire ici. »

Il soutint fermement le regard du Commandeur mais se plaça de façon à surveiller Tessa du coin de l'œil. Inyanduma fit vers elle un geste quasi imperceptible. Elle hocha la tête, aussi brièvement, et fit un rapide O avec le pouce et l'index. *J'avais découvert qu'elle était allée au Kraal pour affaires officielles,* se souvint Flandry, *mais elle ne voulait pas dire lesquelles, et c'est seulement maintenant qu'elle avoue leur réussite. Trop secrè-*

tes pour en parler au radiophone du bateau! En tant qu'êtres humains, nous avons profité mutuellement de la présence de l'autre au cours du voyage. Mais comme agents de nos souverains...?

Inyanduma désigna de sa main musclée de marin l'ensemble de la salle.

« Vous voyez nos chefs législatifs, capitaine. Lorsque la Maîtresse des Phares nous a appris que vous veniez ici, nous supposâmes que c'était en raison du meurtre de Son Excellence, lequel avait été annoncé sur tout le globe. C'est une question extrêmement grave, aussi ai-je réuni les chefs de conseils de la Maison des Hommes et de l'Assemblée des Femmes. »

Un frémissement et un murmure coururent parmi les colonnes vertes, sous la mer verte. Ils contenaient une attente résignée. Ces gens n'étaient pas des politiciens professionnels comme les connaissait Terra. C'étaient les valeurs de Jairnovaunt : aristocrates et armateurs jouissant de sièges *ex officio*, ainsi qu'un pourcentage d'officiers de marine élus par le peuple. Même les nobles avaient leur utilité – Tessa Hoorn avait hérité non le droit mais le devoir d'entretenir les bateaux-phares et les voies de communications autour des récifs dénommés Petit Skua. Ils avaient affronté plus de tempêtes et de dents de squales que de débats.

Flandry dit posément :

« Ma visite concerne plus qu'un meurtre, mesdames et messieurs. Un Résident peut être tué par un individu mécontent, c'est un risque du métier. Mais je crois que nul ne haïssait personnellement Bannerji. Voilà ce qui est condamnable! »

« Voulez-vous donc parler de trahison, capitaine? » grommela Inyanduma.

« Oui, Sire. Et j'ai plus de preuves qu'il n'en faut. Quelqu'un pourrait-il me désigner la famille du nom de *Umbolu?*

Les conseillers de Jairnovaunt s'agitèrent en chuchotant. Et puis un homme s'avança – un immense jeune homme à la démarche léonine, aux traits burinés, avec une cicatrice sur la joue.

« Oui », dit-il, et sa voix vibra dans la salle. « Je suis Derek Umbolu, commandant le chasseur de krakens *Bloemfontein.* Tessa, pourquoi as-tu amené ce sale mécréant? »

« Du calme! » rugit Inyanduma. « Nous devons être courtois. »

Tessa s'écria à l'adresse du géant :

« Derek, Derek, il aurait pu venir par avion en une heure! Et comme, de plus, nous ne méditons aucune rébellion... » Sa voix s'éteignit; elle recula devant le regard furibond; elle écarquilla les yeux en portant la main à sa bouche. La question informulée vibra : *N'est-il pas vrai?*

« Nous ne voulons pas d'eux ici », gronda Derek Umbolu. « Nous paierons le tribut et accepterons cette saleté de paix impériale s'ils nous laissent tranquilles avec nos vieux usages. Mais ce n'est pas le cas! »

Flandry s'aventura dans la mêlée.

« Je ne m'estime pas offensé », dit-il, « mais je

ne fais pas de politique. Vos plaintes contre l'administration locale doivent être adressées au gouverneur de province. »

« Assassin! J'ai entendu parler de Brae et du reste. »

Flandry dit précipitamment :

« Prenez garde au crime de lèse-majesté. A présent, revenons à ma tâche. Elle ne me plaît pas plus qu'à vous. Capitaine Umbolu, êtes-vous apparenté à un fusilier impérial nommé Thomas? »

« Oui. C'est mon frère qui s'est engagé pour cinq ans. »

La voix de Flandry s'adoucit.

« Je suis navré. Je ne pensais pas que vous étiez aussi proche... Thomas Umbolu a été tué en service commandé sur Brae. »

Derek ferma les yeux. Sa grosse main étreignit la lame de son coutelas – le sang se mit à couler entre ses doigts.

Il rouvrit les yeux et prononça d'une voix âpre :

« Vous êtes venu plus vite que la nouvelle officielle, capitaine. »

« Je l'ai vu mourir », dit Flandry. « Il a péri en brave. »

« Vous n'avez pas franchi l'espace dans le seul but d'annoncer cela à un colonial? »

« Non », dit Flandry. « J'aimerais vous parler en tête à tête. Ainsi qu'à ses autres parents. »

La large poitrine noire aspira l'air, les doigts puissants se raidirent comme des griffes. Derek Umbolu éructa :

« Vous ne tourmenterez pas mon père avec vos diableries, et vous ne jetterez pas le discrédit sur nous avec vos manières cauteleuses. Parlez devant tout le monde. »

Les épaules de Flandry se contractèrent, comme dans l'attente d'une balle. Il regarda le Commandeur. L'étoile au front d'Inyanduma était faite d'obsidienne. Flandry dit :

« J'ai des raisons de croire que Thomas Umbolu était impliqué dans une affaire de trahison. Naturellement il est possible que je me trompe, auquel cas je vous présenterai mes excuses. Mais je dois d'abord poser quantité de questions. Je ne le ferai certes pas devant cette assemblée. A bientôt. »

« Laissez mon père en paix, sinon je vous tue ! »

« Silence ! » s'écria Inyanduma. « J'ai dit qu'il était notre invité. » Plus doucement, il reprit : « Derek, va prévenir le vieux John. »

Le géant salua, tourna les talons et quitta la grande salle. Flandry vit briller des larmes dans les yeux de Tessa. Le Commandeur s'inclina lentement vers lui. « Pardonnez-nous, capitaine. C'est un brave... vous ne trouverez certainement pas de traître chez lui... mais la nouvelle que vous lui apportiez était terrible. »

Flandry répondit quelque chose. La réunion devint cérémonieuse; les Chefs de Feux et les Garde-Côtes lui parlèrent poliment. Il était à peu près sûr que peu d'entre eux étaient au courant d'un complot : les révolutions ne commencent pas de la sorte.

Finalement il se retrouva dans une chambre exiguë mais meublée avec goût. Sur l'un des murs était peinte une carte de la planète. Il y chercha un lieu appelé Uhunhu, et le trouva, près de l'Emirat de Bossala situé au nord; sauf erreur de sa part, c'était une région perpétuellement immergée.

Un souvenir surgit dans sa mémoire. Il jura pendant deux minutes consécutives avant de se mettre à fumer sans arrêt. Si telle était la réponse...

5

La lune la plus rapprochée, quoique plus petite, provoquait les plus fortes marées, qui montaient jusqu'à neuf fois plus haut que sur Terra. Mais elle se déplaçait si rapidement (cinq orbites en deux jours de Nyanza – de trente heures chacun) que la rapidité du flux en était spectaculaire. Flandry entendit un grondement contre son mur, alluma la transparence et vit l'eau cascader sur les rocs noirs en flots blanchâtres. Le soleil allait se coucher; il avait médité pendant des heures. Un regard aux éphémérides électriques situés près de sa couchette lui apprit que Loa, le satellite le plus éloigné, ne noierait pas l'habitation avant minuit. Et il s'agirait d'une marée beaucoup plus faible, ne créant pas les tourbillons si dangereux pour un inexpérimenté comme lui.

Il écrasa sa cigarette et soupira. *Autant en finir avec ce sale boulot.* Se levant, il se dépouilla de tous ses vêtements à l'exception d'un slip et de l'aquascaphe; il enfila les nageoires qu'on lui avait remises et fixa ses deux pistolets, heureusement étanches dans leur étui. Un plan directeur de la localité lui indiqua le lieu où vivait le capitaine Umbolu. Il enregistra un message disant que ses affaires l'obligeaient à sortir et que son hôte ne devait pas l'attendre pour dîner; il était certain qu'Inyanduma serait plus soulagé qu'offensé. Puis il pénétra dans le sas, qui se referma automatiquement derrière lui.

Le coucher de soleil embrasait les eaux pourpres. L'écume blanche des écueils était changée en or; sur la rive noire dénudée, les flaques laissées par la marée évoquaient le cuivre en fusion. A l'est, le ciel était bleu foncé encore pâle au zénith, virant à un vert clair, immaculé, près de l'horizon derrière lequel se couchait le soleil. A travers le fracas et le grondement des flots, Flandry discerna les cloches d'un des nombreux beffrois roses... à moins que ce ne fût celle d'un navire au milieu du craquement des vergues, ou encore un bruit qu'il avait entendu en rêve, naguère? Malgré ce vacarme, tout était merveilleusement paisible.

Personne ne s'encombrait d'une barque pour franchir des distances aussi courtes. Flandry plongea dans un endroit abrité, déplia les palmes de ses chaussures et s'élança entre les rochers épars, hérissés de coupoles et de tours. D'autres têtes apparaissaient dans les chaudes vaguelettes, mais nul ne fit attention à lui. Il s'en félicita. Suivant le trajet indiqué par les bouées, il trouva la maison du vieil Umbolu au bout de quelques minutes de gymnastique.

Elle se trouvait sur un long récif mince entouré de rocs plus petits sur lesquels la mer se ruait avec une fureur meurtrière. Le Terrien louvoyait prudemment alentour, cherchant un accès sans risques. Il le trouva; c'étaient deux jetées naturelles, formées d'amas de corail rouge encadrant un sentier qui serpentait au milieu de jardins – pour le moment imbibés d'eau – en direction de la petite coupole. Le crépuscule bleuâtre arrivait lentement : une blanche planète du soir surgit à l'occident.

Flandry prit pied sur la plage, auprès des roches. Il y faisait sombre. Il n'eût pu dire quel réflexe, dû aux années passées parmi le danger, le sauva. Un homme apparut derrière une des hautes aiguilles et le visa avec un lance-harpon. Flandry se jeta à plat ventre dès qu'il aperçut le reflet métallique. Le projectile meurtrier siffla à l'endroit qu'il venait de fuir.

« Je vous en prie! » Il roula de côté en prenant son pistolet à aiguilles soporifiques. Une panthère noire comme la nuit bondit sur lui. Son arme n'était qu'à moitié sortie quand le corps dur tomba sur lui. Un puissant coup de karaté, lui paralysant le poignet, envoya rouler le pistolet. Il aperçut un visage barbu, haineux, derrière le poignard.

Flandry para le coup avec son avant-bras gauche. L'assassin écarta sa lame. Avant qu'elle pût redescendre, Flandry lança son pouce vers l'œil le plus rapproché. Son adversaire aurait dû négliger cette riposte et le poignarder – mais il commit la faute de saisir l'avant-bras du Terrien avec sa propre main libre. La main droite de Flandry était encore faible, mais il réussit à assener une espèce de manchette et dégagea son poing gauche d'un mouvement sec. Prenant le bras armé de l'homme entre ses mains et son genou, il se mit en devoir de le briser.

Le gaillard hurla, se tordit et parvint à se libérer. Tous deux se relevèrent promptement. La dague gisait entre eux. L'homme de Nyanza se jeta dessus. Flandry posa un pied sur la lame. « Je l'ai, je la garde », dit-il. Il lui décocha un coup de pied derrière l'oreille et sortit son pistolet exploseur.

L'homme de Nyanza n'était pas assommé. Affalé devant Flandry, il l'empoigna soudain par les jarrets et le fit basculer par-dessus son dos.

Le Terrien chut lourdement. Il vit la mince silhouette détaler; elle fut dans l'eau avant qu'il eût tiré.

Dès que les échos de la détonation se furent éteints, Flandry récupéra son pistolet soporifique. Son pouls et sa respiration se calmèrent lentement. « Voilà », confessa-t-il à haute voix, « un cas typique de bêtise mutuelle et réciproque. Nous méritons tous deux d'être chatouillés jusqu'à ce que mort s'ensuive par de petits mille-pattes verts, quoi qu'il en soit... si tu n'en parles à personne, j'en ferai autant. »

Dans la pénombre, il examina le poignard de l'assassin. C'était une lame inoxydable ordinaire, mais la poignée en os était ornée d'un dessin inconnu. De plus, il n'avait jamais vu un homme de Nyanza possesseur d'une barbe respectable.

Il longea le sentier et sonna à la porte d'une maison. Le sas s'ouvrit et il entra.

L'habitation avait la propreté d'un navire et elle était remplie de maquettes, de poissons empaillés, d'armes. Tous les souvenirs du marin. Mais elle paraissait vide. Un vieil homme y demeurait, seul avec ses morts.

John Umbolu leva ses yeux pâles et hocha la tête.

« Oui », dit-il. « Je vous attendais, capitaine. Soyez le bienvenu et asseyez-vous. »

Flandry se laissa tomber sur un divan couvert de la peau à écailles douces d'un gigantesque animal aquatique que John Umbolu avait capturé autrefois. Le cuir en était complètement râpé. Le vieil homme lui apporta en boitillant un carafon de rhum d'importation. Quand ils furent tous deux servis, il s'assit dans un fauteuil massif et leurs gobelets s'entrechoquèrent.

« A votre bonne santé, capitaine », dit John Umbolu.

Flandry regarda le visage ridé et dit doucement :

« Votre fils Derek a dû vous communiquer la nouvelle que j'apporte. »

« J'ai été prévenu », dit Umbolu en hochant la tête. Il prit une pipe sur le râtelier et se mit à la remplir avec de lents gestes soigneux. « Vous l'avez vu mourir? »

« Il tenait ma main. Son escouade est tombée dans une embuscade, au cours d'une mission sur Brae. Il... Ce fut vite terminé. »

« La noyade est la seule mort convenable », chuchota l'homme de Nyanza. « Tous mes autres enfants, sauf Derek, ont au moins eu cette chance. » Il alluma sa pipe et fuma pendant un moment. « Je regrette que Tom soit parti de cette façon. Mais vous êtes bien bon de venir m'en parler. »

« Il sera enterré avec tous les honneurs militaires », dit Flandry avec gêne. *A moins qu'il n'y ait tant de morts qu'on les enterre aux bulldozer.* « Ou si vous le préférez, au lieu de la prime de décès, vous pourrez faire revenir ses cendres ici. »

« Non », dit Umbolu. Sa tête blanche branlait sur ses épaules. « A quoi bon? Donnez-moi l'argent et j'élèverai un feu immortel sur un récif portant son nom. » Il réfléchit encore un instant et ajouta timidement : « Pourrais-je abuser encore de votre bonté? Savez-vous si... Vous savez bien, les soldats en permission et les filles qu'ils rencontrent... il est possible que Tom ait un enfant quelque part... »

« Je regrette, mais je ne vois pas comment je pourrais le savoir. »

« Tant pis. Il faudra donc que Derek se marie bientôt pour que le nom se perpétue. »

Flandry tira une profonde bouffée de sa cigarette prise dans un étui imperméable. Il parvint à prononcer :

« Je dois vous raconter ce qu'a dit votre fils en mourant. »

« Parlez sans crainte. »

Flandry parla. Lorsqu'il eut terminé, les yeux du vieil homme se fermèrent – comme ceux de Derek l'avaient fait – et il laissa tomber son verre vide.

Il dit enfin :

« Je ne sais rien de tout cela. Me croyez-vous, capitaine? »

« Oui », répondit Flandry.

« Vous craignez que Derek ne soit pris dans le même filet? »

« J'espère que non. »

« Moi aussi; je ne voudrais pas qu'un de mes fils participe à un complot qui s'appuie sur le meurtre – quoi qu'il puisse penser de votre Empire. Quant à Tom... Tom était jeune et ne comprenait pas de quoi il s'agissait. Me croyez-vous? » demanda John Umbolu d'une voix anxieuse. Flandry hocha la tête. L'homme de Nyanza entoura de ses mains le fourneau de sa pipe comme pour se réchauffer. « Mais en ce qui concerne Derek... Derek fait partie du Conseil. Derek avait les yeux ouverts! »

Flandry le laissa seul avec lui-même pendant un moment puis reprit :

« Où un jeune homme aurait-il pu rencontrer les auteurs d'un complot de ce genre? »

« Qui sait? Avant d'être adulte, un Umbolu mâle a connu tous les ports de la planète. De plus il y a perpétuellement des marins de chaque nation de Nyanza ici, à Jairnovaunt. »

Flandry montra le poignard qu'il avait enlevé de haute lutte.

« Ceci appartient à un barbu », dit-il. « Qu'en dites-vous ? »

Les yeux décolorés scrutèrent l'objet.

« C'est du travail de Rossala. » Ce fut une constatation immédiate, formulée d'une voix monocorde. « Et les hommes de Rossala portent la barbe.

« Lorsque j'ai débarqué ici », dit Flandry, « un personnage barbu a essayé de me tuer avec ce couteau. Il s'est sauvé mais... »

Il se tut. Le vieux marin s'était dressé. Flandry, levant la tête, vit un masque de rage incandescente, et s'aperçut tout à coup que John Umbolu était un homme très grand.

Les poings gigantesques se fermèrent par-dessus la tête du Terrien. La grosse voix gronda comme le tonnerre :

« Des assassins sur mon sol ! Contre mon invité ! Par les mânes de mes ancêtres, j'interrogerai tous les Rossaliens de Jairnovaunt et j'écorcherai vif le coupable ! »

Flandry se leva à son tour; une nouvelle excitation montait en lui... Un plan de fraîche date. Et en même temps... *Doucement, petit, doucement ! Tu n'obtiendras pas sa collaboration sans utiliser les arguments les plus rusés, les plus éhontés.*

Bah, se dit-il, *je suis payé pour ça.*

6

Des heures avaient passé quand il quitta la maison. Il y avait mangé, mais une lassitude profonde l'accablait. Il revint fort lentement à la nage au rocher du Commandeur. Quand il y arriva, il se reposa en contemplant la mer.

Loa, grosse comme la lune terrienne, mais beaucoup plus brillante, était levée. Son éclat éclipsait la plupart des constellations. Sur chaque récif, les balises colorées transformaient Jairnovaunt en un vaste coffre à bijoux et scincillaient sur l'océan éclairé par Loa.

Flandry prit une cigarette. Il se félicita d'être seul avec ces lumières : cela le réconfortait. Il eût fallu que les agents de l'Empire subissent une espèce d'ablation de la conscience... Il aspira une bouffée.

« Vous ne dormez pas, capitaine? »

La voix grave de la femme le fit se retourner brusquement. Apercevant Tessa Hoorn sous l'éclat de la lune, il rangea son pistolet avec une expression gênée.

« Vous me semblez bien éveillée vous-même », répliqua-t-il. « A moins que vous ne marchiez en dormant ou que vous dormiez en nageant, j'ignore quelles sont vos coutumes. Mais non, c'est certainement moi qui dors. Ne me réveillez pas. »

Sous la lune, le corps de Tessa était parcouru de zones obscures et de légers feux follets, tandis que l'eau tourbillonnait autour de ses pieds. Elle venait de nager – Loa faisait étinceler sur son épiderme un million de fraîches gouttelettes, sa seule parure. Il se rappela combien ils avaient bavardé, ri, échangé souvenirs, chansons et espérances sous les voiles baignées de lune. Son cœur battit et sa tranquillité d'esprit disparut.

« Oui. Je ne peux trouver le sommeil ce soir. »

Les yeux baissés, elle se tenait devant lui. C'était la première fois qu'elle n'affrontait pas son regard. Sous la lumière irréelle il vit battre une veine de sa gorge. « J'ai donc quitté ma couchette et... » Elle se tut.

« Pourquoi êtes-vous revenue ici? » interrogea-t-il.

« Oh... par hasard. A moins que... » Ses lèvres essayèrent de sourire mais elles tremblaient. « Où étiez-vous ce soir, puisque nous sommes si curieux? »

« J'ai parlé au vieux John », avoua-t-il parce que la vérité servait son projet. « Ce ne fut pas facile. »

« Oui, je ne donnerais pas votre travail à mon pire ennemi. Pourquoi le faites-vous? »

Il haussa les épaules.

« C'est tout ce que je sais faire. »

« Que non! » protesta-t-elle. « Pour aider une brute de gouverneur ou une nullité de Résident... vous êtes trop viril. Vous pourriez aller vous installer... même ici – quoique, non, le soleil ne vous permettrait pas... »

« Ce n'est pas totalement pour rien », dit-il. « L'Empire est... » (il sourit rêveusement) « moins parfait que moi. C'est vrai. Mais ce qui le remplacerait serait bien pire ».

« En êtes-vous sûr, Dominic? »

« Non », dit-il avec amertume.

« Vous pourriez vivre sur un monde frontalier et accomplir une tâche correspondant à votre valeur. Moi-même, j'ai pensé qu'il existe dans cet univers d'autres planètes que Nyanza... Et si de telles planètes possédaient des océans, j'accepterais peut-être... »

Flandry dit en toute hâte :

« Ne m'aviez-vous pas dit avoir un enfant, Tessa ? »

« Oui, un fils du Commandeur, mais comme je ne suis pas encore mariée, le petit a été adopté. »

Il parut surpris et elle expliqua, volontairement impersonnelle : « Le Commandeur ne doit pas se marier mais couche avec qui bon lui semble. C'est un grand honneur, et si elle n'a pas de mari la femme reçoit de lui un gros douaire. Les rejetons de ces unions sont élevés par des familles maternelles; quand ils sont tous suffisamment âgés, le Conseil choisit le plus représentatif comme héritier présomptif. »

Au milieu de son désarroi, Flandry pensa que les Empereurs Terriens auraient beaucoup à apprendre de Nyanza. Il se força à rire et dit :

« Ainsi, vous êtes la proie parfaite, Tessa – titrée, riche et mère d'un chef en puissance. Comment avez-vous pu vous échapper jusqu'à présent ? »

« Je n'ai pas trouvé l'homme qui me convenait », murmura-t-elle. « Inyanduma lui-même est un tel homme, voyez-vous, malgré son âge. Seul Derek Umbolu (comme vous me faites parler, Terrien !)... mais il est trop fier pour se marier au-dessus de sa condition. » Elle reprit son souffle et dit précipitamment : « Mais je ne suis plus une jeune fille et je n'attendrai pas le déluge pour redevenir une femme. »

Flandry aurait pu marmonner quelque chose et prendre ses jambes à son cou. Mais un frémissement dans son sang lui rappela qu'il était agent de l'Empire et que cette fille venait d'accomplir dans les mers du Sud quelque chose qu'on lui taisait.

Il l'embrassa.

Elle y répondit timidement d'abord, puis avec une voracité qui le déchira. N'éprouvant aucun besoin de parler, ils restèrent assis un très long moment sous la lune – quand Flandry s'aperçut avec surprise que la marée léchait ses pieds. Tessa se leva.

« Venez chez moi », dit-elle.

C'était l'instant d'être mufle... ou gentilhomme accompli, il ne savait malheureusement pas lequel des deux. Demeurant assis, il la regarda, couronnée d'étoiles, et déclara :

« Je regrette. Ça ne servirait à rien. »

« N'ayez pas peur », dit-elle avec un petit rire, presque un sanglot. « Vous pourrez repartir quand vous voudrez. Je ne voudrais pas d'un homme qui ne resterait pas de son plein gré. Je ferai l'impossible pour vous garder, Dominic chéri. »

Il cherchait une autre cigarette.

« Ce serait mon plus cher désir », dit-il. « Mais il y a un monstre en liberté sur cette planète, j'en suis persuadé. Je ne veux pas vous consacrer quelques rares heures alors que mon esprit est préoccupé. Par la suite... » Il n'acheva pas.

Elle resta silencieuse pendant un temps interminable.

« C'est aussi pour Nyanza », plaida-t-il. « Si cette situation reste sans contrôle, cela risque d'être la fin de votre peuple. »

« Oui », dit-elle d'une voix morne.

« Vous pourriez m'aider. Lorsque la présente mission sera accomplie... »

« Eh bien... Que voudriez-vous savoir? » Elle détourna les yeux.

Il alluma une cigarette et la dévisagea à travers la fumée.

« Que faisiez-vous au Kraal? »

« Maintenant je ne suis plus si sûre de vous aimer, Dominic. »

« Dites-le-moi, pour que je sache ce qui m'attend. »

Elle soupira.

« Rossala est en train de s'armer. Ils fabriquent des engins de guerre, des canons, des torpilles – pas nucléaires, car nous n'en avons pas la possibilité, mais cela va plus loin que la loi terrienne ne nous le permet. J'ignore pourquoi, bien que la rumeur parle d'un Uhunhu immergé. L'Emir garde bien ses secrets, mais il y a des rumeurs de libération. C'est peut-être pour bientôt, je n'en sais rien. Nous ne nous battrons pas contre l'Empire pour le compte de nos concitoyens de Nyanza, mais... nous nous réarmons aussi, dans l'éventualité où Rossala recommencerait les anciennes guerres. J'ai conclu un pacte avec le Kraal. »

« Et si Rossala ne vous attaquait pas, mais se

révoltait contre Terra? » voulut savoir Flandry. « Que ferait votre propre coalition réarmée? »

« Je n'en sais absolument rien. Je ne suis qu'une habitante de Nyanza. N'en avez-vous pas appris suffisamment? »

Elle rabattit le casque de son aquascaphe et plongea. Il ne la vit pas remonter.

7

Alors que la planète lui offrait toute une variété d'aliments marins, le Commandeur, par esprit d'hospitalité, servit à son invité un bifteck d'importation pour son petit déjeuner. Flandry alla se promener au milieu des flaques laissées par la marée matinale et attendit, maussade, que les événements se déclenchent.

Seul, dressé sur un rocher avec les vagues qui déferlaient à ses pieds, il présentait une silhouette très visible avec son costume blanc iridescent. Un chasseur sous-marin aurait pu le harponner sans émerger, puis disparaître. Flandry ne quittait pas des yeux les crêtes bleues et vertes au-delà des écueils. Il pensait tristement à Tessa Hoorn... Bon sang, il reviendrait par la planète Morvan, passerait une semaine dans sa cité du plaisir et inscrirait le tout sur sa note de frais. A quoi bon lutter pour empêcher une civilisation décadente d'être anéantie, s'il ne pouvait jamais profiter lui-même de cette décadence?

Une forme noire traversa son champ de vision.

En alerte, il se raidit. L'homme nageait comme un poisson droit vers la rive. Il y avait dans ces tourbillons des rochers coupants, mais... Derek Umbolu émergea enfin, empoigna la roche humide sur laquelle Flandry se tenait et se hissa à son tour. Il repoussa son casque avec un fracas plus violent que le grondement des vagues. Toisant le Terrien, il grogna :

« Que lui as-tu fait? »

« A Madame Hoorn? » demanda Flandry. « Rien, malheureusement. »

Un énorme poing le menaça.

« Tu mens, Terrien! Je l'ai vue ce matin, elle avait pleuré. »

Flandry grimaça un sourire.

« Et suis-je obligatoirement le coupable? Vous me flattez. Elle a une certaine estime pour vous, capitaine. »

Un frisson parcourut l'immense carcasse. Derek fit un pas en arrière.

« Pas un mot de plus », mumura-t-il.

« Je voulais vous voir aujourd'hui », dit Flandry. « Nous avons encore bien des choses à discuter. Par exemple, de l'homme qui a tenté de me tuer la nuit dernière. »

Derek cracha :

« Dommage qu'il t'ait raté! »

« Votre père pensait différemment, vu que la tentative a été faite sur son propre rocher. Il était parfaitement indigné. »

Les yeux de Derek se plissèrent. Ses narines frémirent comme les naseaux d'un taureau furieux et sa tête s'abaissa.

« Ainsi tu as parlé à mon père! Je t'avais prévenu, mécréant... »

« Nous avons bavardé amicalement », dit Flandry. « *Lui*, au moins, ne croit pas qu'on gagne quelque chose en tuant les gens pendant leur sommeil. »

« Je suppose que toutes tes actions pourraient être citées en exemple? »

Comme elles ne le pouvaient certes pas, Flandry fronça les sourcils et poursuivit :

« Mais, à votre place, je veillerais sur mon père. J'ai déjà vu ces sales actes de fanatisme; les premières personnes assassinées sont les natifs qui ont conservé suffisamment de sens local et d'honneur pour traiter les Impériaux en camarades. Vois-tu, de telles gens sont trop susceptibles de comprendre que la révolution est, en fait, organisée par quelque impérialisme rival et que l'on ne peut gagner une guerre quand son propre pays est le champ de bataille. »

Incapable de trouver de paroles assez méprisantes, Derek poussa un cri rauque d'animal :

« *Arrgh!* »

« Et mon futur assassin est toujours en liberté », reprit Flandry. « Il sait que j'ai parlé à votre père. Détestez-moi tant que vous voudrez, capitaine Umbolu, mais montez la garde auprès du vieux monsieur, ou du moins parlez à certains Rossaliens que je ne vous accuse pas de connaître. »

Pendant encore un moment, les yeux bruns étincelèrent devant le regard éteint, gris, glacial du Terrien. Ensuite, Derek rajusta son casque et retourna dans l'eau.

Flandry soupira. Son devoir était à présent de lancer la machinerie de l'enquête, mais... il retourna à la maison avec l'intention d'y emprunter une canne à pêche.

Inyanduma, assis devant un bureau jonché des documents inévitables chez les dirigeants, lui lança un regard préoccupé.

« Êtes-vous certain qu'il existe une véritable conspiration sur Nyanza? » demanda-t-il. « Nous avons toujours eu des têtes chaudes comme tout le monde... Oui, j'ai vu et je connais d'autres planètes. Je me suis engagé dans la flotte spatiale autrefois et suis officier de réserve. »

Flandry s'assit et examina ses ongles.

« Dans ce cas, pourquoi n'avez-vous pas signalé ce que vous savez sur Rossala? » demanda-t-il doucement.

Inyanduma sursauta.

« Êtes-vous télépathe? »

« Non. La vie serait trop monotone. » Flandry alluma une nouvelle cigarette. « Je crois que Rossala est en train de s'armer et que ceci alarme votre nation au point de l'obliger à fabriquer des armes défensives et à conclure des pactes. Comme l'Empire devrait vous protéger, vous prévoyez donc que l'Empire sera chassé de Nyanza? »

« Non », chuchota Inyanduma. « Nous ne sommes sûrs de rien. C'est seulement que... Nous ne voulons pas recevoir une horde de détectives, encore moins une armée terrienne, en dénonçant une nation voisine... Avec si peu de preuves... Il nous faut pourtant conserver une certaine liberté d'action pour le cas où... »

« *Tout spécialement* pour le cas où Rossala ferait appel à vous pour lutter contre l'Empire. »

« Non. Non. »

« En d'autres circonstances ce serait pathétique. » Flandry secoua la tête. « Tout ceci est un tel travail d'amateurs que j'ai l'impression de voler mon salaire. Mais celui qui a tramé le complot *n'est pas* un amateur. Il s'est habilement servi de vos attaches locales et doit avoir l'intention d'agir bientôt, avant qu'un gouverneur préoccupé découvre suffisamment d'éléments pour justifier l'envoi de l'armée. L'assassinat du Résident est évidemment une action clé. C'est une chance que je sois arrivé le jour même, mais un collègue serait certainement venu peu de jours après et n'aurait guère mis plus de temps à en apprendre autant. Naturellement, s'ils peuvent me tuer, tout sera légèrement retardé, ce qui leur sera utile; mais ils ne paraissent pas avoir besoin d'un long délai. »

Flandry marqua un temps d'arrêt, hocha la tête et reprit :

« Par conséquent, si cette affaire n'est pas contrecarrée, nous pouvons penser que Rossala se révoltera dans quelques semaines au plus tard. Rossala demandera l'aide des autres nations de Nyanza – lesquelles ont habilement été incitées à s'armer et à créer des cadres militaires. Si l'expert que je soupçonne se trouve derrière cette révolution, les chefs comme vous-même, qui frémissent à cette idée, périront pour être remplacés par des dirigeants malléables. Bien sûr, Nyanza aura reçu la promesse d'une aide extérieure : je ne pense pas que même Derek Umbolu croie qu'une unique planète puisse résister à toutes les forces de Terra. Merséia n'est pas tellement éloignée. Si tout se passe bien, nous aboutirons à un Nyanza nominalement indépendant, qui sera en réalité une colonie merséienne – au plus profond de l'espace terrien. Si la tentative échoue, eh bien, qu'est-ce qu'un monde détruit et radioactif de plus aux yeux de Merséia? »

Il y eut un silence.

A la fin, Inyanduma dit sombrement :

« Je me demande si les risques dont vous parlez ne valent pas mieux que d'appeler les Terriens; car toutes nos nations ont enfreint votre loi interdisant de fabriquer des armes. Les Impériaux ne nous laisseraient pas ce gouvernement autonome que nous avons actuellement. »

« Leur présence ne sera peut-être pas nécessaire », dit Flandry. « Puisque vous possédez ces armes et que la police de la Cité est une force locale dotée légalement de petites armes nucléaires... vous pourriez faire votre propre nettoyage. Je pourrais superviser l'opération, m'assurer qu'elle est achevée, timbrer mon rapport au quartier général « Fantastiquement Secret », et c'en serait terminé. »

Il se leva. « Réfléchissez-y », dit-il.

Dehors, sur le rocher, tout était calme. Le moulinet de Flandry ronflait, l'appât étincelait dans l'air lumineux, les flots jouaient comme des chatons avec son hameçon. Aucune importance s'il n'avait pas la moindre touche. La marée commençait à monter, il allait rentrer ou échanger sa gaule contre un trident...

Un kayak survint parmi les écueils immergés. Derek Umbolu le pilota jusqu'aux pieds de Flandry et leva la tête. Son visage était mouillé par les embruns; Flandry s'en réjouit, car il ne souhaitait pas savoir si le géant était en train de pleurer.

« Du sang », fit Derek d'une voix rauque. « Du sang, et les chaises cassées; j'ai lu dans le sang comment on l'a traîné dehors et jeté aux requins. »

Un grand vide se fit dans le cœur de Dominic Flandry. Ses épaules s'affaissèrent.

« Je suis navré », dit-il. « Bon Dieu, je suis navré. »

Les paroles monotones jaillirent, précipitées, dans le bruit de la marée :

« Ils se regroupent à Rossala mais c'est quelqu'un d'Uhunhu qui les dirige. Je devais prendre le commandement ici lors du soulèvement, si Inyanduma ne nous laissait pas aider la révolution. Le meurtre du vieux Bannerji m'a fortement déplu mais il était nécessaire – parce que désormais il n'y aura plus de contrôle efficace du trafic spatial avant qu'on le remplace, et dans deux semaines arriveront des astronefs de Merséia avec des armes lourdes nucléaires comme nous n'en avons jamais possédées. L'homme qui abattit Bannerji a aussi tenté de vous tuer. C'était le seul tueur expérimenté de Jairnovaunt (et, de plus, un voisin vous a donné un alibi); je n'ai donc cru aucune de ses dénégations geignardes selon lesquelles il n'avait pas frappé mon père. Il s'appelait Mamoud Shufi. Qu'il soit maudit jusqu'à ce que le soleil gèle! »

Sa grosse main noire ouvrit la capote du kayak. L'autre main plongea à l'intérieur, sortit un objet dégoulinant et le lança si violemment aux pieds du Terrien qu'un œil mort jaillit de la tête tranchée.

8

Sur Nyanza, la bataille faisait rage partout. Les hommes s'éventraient et se fusillaient, des navires coulaient par le fond et des habitations se fendaient comme des fruits pourris. L'endroit où se trouvait Flandry n'était que turquoise et dentelle. Peut-être certains des nuages blancs qui bordaient l'ouest étaient-ils frangés de fumée.

Un homme d'équipage, porteur d'une sonde ultra-sonique, hocha la tête.

« Nous sommes au-dessus des hauts-fonds d'Uhunhu, capitaine. »

« Arrêtez tout », dit Flandry.

Le commandant transmit plusieurs ordres. Flandry sentit que les moteurs s'arrêtaient; le sous-marin s'immobilisa. Les hommes se rassemblèrent avec des expressions intriguées, presque irritées. Ils avaient espéré se joindre aux combats avant que ce Terrien dirige le vaisseau vers l'est.

« Et maintenant », dit farouchement Derek

Umbolu, « ayez l'amabilité de nous dire pourquoi nous nous sommes détournés de Rossala. »

Flandry sourcilla.

« Pourquoi êtes-vous si pressé de tuer d'autres hommes? » rétorqua-t-il.

Derk fulmina.

« Je n'ai pas peur de risquer ma peau, mécréant... comme certains de ma connaissance! »

« Il s'agit d'autre chose », dit Flandry. Il se demanda pour quelles raisons il débitait de la psychologie de bazar alors qu'un monstre était aux aguets sous leurs pieds. Reculait-il le moment? Il jeta un coup d'œil à Tessa Hoorn qui avait insisté pour venir. « Voyez-vous ce que je veux dire, Maîtresse des Feux? Savez-vous pourquoi il a tant envie de perdre son harpon? »

La froideur qu'elle lui avait témoignée au cours de la semaine s'adoucit légèrement.

« Oui », dit-elle. « C'est parce que nous participons à une guerre contre nos concitoyens, sans gagner au change. »

Flandry se demanda combien partageaient ces sentiments. Après qu'il eut pris l'avion jusqu'à la Cité avec Inyanduma et demandé au préfet de mobiliser ses forces, un appel avait été lancé aux volontaires. La population de Nyanza avait simplement appris qu'une conspiration dangereuse venait d'être découverte, qu'elle se situait à Rossala, que l'Emir avait refusé à la police le droit d'entrer et qu'en conséquence il faudrait une force importante pour s'opposer à cette nation, malgré la résistance de ses citoyens égarés, et l'occuper tandis que les spécialistes du préfet rechercheraient les véritables fautifs. Et par milliers les hommes étaient venus de toute la planète. Mais c'était bien pire pour ceux qui savaient ce que signifiait réellement cette opération de police.

« Silence! » ordonna Derek Umbolu. « Dites pourquoi vous nous avez amenés ici, un point c'est tout! »

Flandry alluma une cigarette et regarda, par-dessus la lisse, les vagues si transparentes qu'il voyait l'obscurité augmenter avec la profondeur. Il dit :

« C'est là-dessous – à moins qu'il n'ait appris que je connais son existence – que se trouve l'ennemi. »

« Oh!... » Tessa Hoorn posa la main sur son pistolet; mais Flandry s'aperçut avec un bizarre petit pincement au cœur qu'elle se rapprochait instinctivement de Derek. « mais qui pourrait se cacher dans Uhunhu immergée? »

« Je le connais sous le nom de A'u », dit Flandry. « Il n'est pas humain. Il peut respirer l'eau aussi bien que l'air – je suppose que sa planète natale doit être fort humide, bien que j'ignore où elle se trouve. Mais c'est quelque part dans l'Empire Merséien et, comme moi, il appartient à la seconde des plus vieilles professions du monde; nous avons déjà joué ensemble. Je l'ai combattu sur Conjumar, il y a deux années terriennes de cela : mes hommes avaient détruit son repaire et son astronef personnel avait reçu un coup qui l'avait rendu impuissant et radioactif. Mais il s'était échappé. Non point chez lui, son engin étant trop délabré, mais hors d'atteinte. »

Flandry rejeta voluptueusement la fumée par ses narines. Ce serait peut-être la dernière fois. « Étant donné ce que j'ai vu ici, je suis dorénavant certain que le camarade A'u se dirigea vers Nyanza, se terra, prit contact avec certains de vos mécontents et se mit à fomenter la révolution. Toute cette affaire porte sa signature, avec moult fioritures. A tout le moins, une révolte de Nyanza suivie d'une intervention merséienne lui permettait de rentrer chez lui, et il était susceptible d'infliger une lourde défaite à Terra par la même occasion. »

Un murmure parcourut l'équipage, mélange de courroux et de crainte. « *Sic semper* les patriotes locaux », conclut Flandry. « Je veux être absolument certain de coincer A'u; or, il a tout l'océan pour se cacher s'il est alerté et nous serons trop occupés à tendre des pièges aux envahisseurs merséiens attendus la semaine prochaine pour jouer à cache-cache un long moment. Sinon j'aurais certainement attendu de pouvoir amener des forces plus importantes. »

« Trente hommes contre une pauvre créature traquée? » se moqua Tessa.

« Dans son genre, c'est une grosse créature », lui déclara doucement Flandry.

Il regarda ses acolytes, magnifiques et noirs sous le soleil qui faisait jouer des milliers de tons bleus sur leur dos, sous un petit vent frais qui touchait les peaux nues et la forme pure des armes. Flandry savait avec précision pourquoi il menait cette chasse – non par courage ni pour la gloire, ni même pour avoir un exploit supplémentaire à raconter à quelques hautaines et blondes terriennes. Il y allait parce qu'il était Agent Impérial et que, s'il restait en arrière, les coloniaux se gausseraient de lui.

Pour cette raison, il tira une dernière bouffée, jeta sa cigarette à l'eau et murmura : « Soyez sage, Tessa, et je vous ramènerai une sucette. Allons-y, les enfants. » Fermant son casque, il plongea.

L'eau devint un univers. Au-dessus se trouvait une zone de soleil éblouissante, trop vive pour les yeux; partout ailleurs la fraîche pénombre se transformait en obscurité totale. Le sous-marin évoquait une baleine au repos... Dommage qu'il ne pût s'en servir pour tortiller A'u, mais une séance désagréable avec un homme appréhendé à Altla lui avait appris une chose : A'u n'admettait d'être approché que par des nageurs... La zone lumineuse diminua au fur et à mesure qu'il descendait, prit la taille d'une minuscule étoile – puis disparut. Il éprouva le soyeux frôlement des courants qui glissaient sur ses muscles; le froid grandissant parcourut ses veines. Il vit, derrière lui, s'échapper une quantité de bulles semblables à des planètes argentées, tandis que ses compagnons filaient comme l'éclair dans le calme crépuscule verdâtre. Que n'eût-il donné pour être un phoque!

Couvertes d'algues, les hauteurs d'Uhunhu s'élevaient imperceptiblement sous lui – monstrueux dolmens et menhirs dressés par des forces inhumaines et noyés depuis des millions d'années... Un navire coulé depuis des siècles – embryon de récif – et quelques crânes servant à abriter des poissons étaient désagréablement nets, devant les parois inclinées. Flandry passa dans un silence de rêve.

Il ne brisa pas cette quiétude, bien que son casque comportât un système de porte-voix. Si A'u se trouvait encore là, il ne fallait pas l'alerter en lançant l'ordre de se déployer en tirailleurs. Flandry se rapprocha de Derek, lui adressa un signe de tête, et le géant fit des signaux à ses hommes. Puis Derek et Flandry se retrouvèrent seuls dans ce qui avait été, peut-être, une rue ou bien un corridor.

Ils glissèrent entre des défilés énormes; de temps à autre apparaissait une ombre plus dense, mais ce n'était qu'un roc, un décapus ou une mâchoire aussi grande qu'un portail. Flandry se mit à sentir le froid sous sa peau, presque aussi dense que le silence.

Une main saisit brutalement son poignet. Il fit halte et flotta, tête penchée, jusqu'à ce que le bruit que Derek avait vaguement perçu eût franchi le vibrateur, l'océan et son récepteur. C'était le hurlement d'un homme que l'on tue, mais si lointain et si faible qu'il eût pu être le cri d'agonie d'un moucheron.

Flandry blasphéma le nom de dix-huit dieux divers, se mit en mouvement et s'élança dans Uhunhu comme une anguille en chasse. Mais Derek le dépassa et il arriva presque le dernier au combat.

« A'u », dit-il inutilement à haute voix, au milieu des cris des hommes et du bouillonnement des eaux ensanglantées. Il se souvint du fusil lance-harpon qu'il portait en bandoulière, le prit, vérifia le chargeur et se rapprocha. Trente hommes – non, vingt-neuf au plus – un cadavre passa en flottant, les yeux écarquillés dans son casque défoncé – vingt-huit hommes tournoyaient autour d'un monstre. Flandry ne voulait en tuer aucun.

Il remonta, puis regarda A'u en contrebas. La grande silhouette noire avait jailli d'un dolmen. Quinze mètres de long, un épiderme de cuir ridé comme celui de quelque golem arctique, la gueule d'une baleine, des pattes d'éléphant invertébré... mais munies de mains, de mains... A'u faisait des ravages parmi ses assaillants, Flandry le vit empoigner, à l'aide de ses pattes qui lui servaient sur la terre ferme, deux hommes par les talons et arracher leurs membres. La gorge du monstre n'émettait aucun son mais les ridicules pépiements humains étaient couverts par chaque claquement des nageoires comme par des éclatements de bombes.

Flandry épaula son arme et pressa la détente. Le recul le renversa en arrière – il ne sut pas si son harpon avait touché le but dans les flancs tourmentés d'A'u. C'était obligé, se dit-il : des explosifs tueraient aussi les hommes sous la pression de l'eau et... Le sang jaillit d'une énorme main transpercée. A'u s'adossa à un monolithe, arqua sa queue et se précipita vers la surface. Les hommes se détachèrent de lui comme des grains trop mûrs.

Flandry rétablit sa position et fila à la poursuite de l'être. Le ventre blanc, paroi, nuage ou rêve, se tourna vers lui. Il tira de nouveau et vit pénétrer son harpon une deuxième fois! A'u se tordit de douleur, cracha du sang, perçut la présence de l'homme et fonça sur lui. Flandry regarda à l'intérieur d'une caverne d'horribles dents. Il aperçut les yeux, ces derniers étaient aveuglés par le désespoir. Il tenta de s'écarter. A'u changea de direction avec l'aisance d'un serpent. Flandry eut le temps de se demander si A'u le reconnaissait.

Un homme sortit du brouillard sanglant; il lança un harpon en se raidissant contre le recul; au lieu de laisser filer la ligne pour empêtrer la bête, il la saisit et fut halé presque jusqu'au flanc. Les ouïes le menacèrent comme des gueules. Tout en visant, il suivit le monstre dans ses soubresauts parmi les profondeurs glaciales. Enfin il tira. Un œil se ferma. Le cerveau fut traversé. A'u se renversa et mourut...

Flandry tenta de récupérer son souffle. Son casque résonnait et vibrait, l'étranglait, il lui fallait l'arracher avant d'étouffer... Des mains l'arrêtèrent. Il aperçut la physionomie victorieuse de Derek Umbolu.

« Attends ici, attends, Homme de la Terre », dit Derek avec un calme olympien. « Tout est terminé. »

« Je... je... merci! » haleta Flandry.

Son souffle lui revint. Il compta les hommes qui se regroupaient pendant qu'ils remontaient avec la lenteur voulue. Six avaient péri – faible prix pour être débarrassé d'A'u.

Si j'avais été jeté seul dans l'univers d'une race répugnante... je me demande si j'aurais eu le courage de survivre jusqu'à maintenant.

Et je me demande s'il y a, sur une planète humide parmi les étoiles merséiennes, des petits qui ne peuvent comprendre pourquoi leur père n'est pas rentré à la maison.

Finalement, il remonta sur le pont, rejeta son casque sous le regard anxieux de Tessa Hoorn.

« Qu'on me donne une cigarette, », dit-il d'une voix rauque. « Et quelque chose d'alcoolisé. »

Elle se força à être calme.

« Avez-vous pris le monstre? » interrogea-t-elle.

« Oui », dit Derek.

« Il a failli nous échapper », dit Flandry. « Tout le mérite revient à notre ami Umbolu. »

« C'est bien peu pour venger mon père », dit la voix monocorde et amère.

Le commandant du sous-marin salua l'homme pâle qui grelottait en savourant sa cigarette.

« Des nouvelles de Rossala, Sire », annonça-t-il. « L'Emir a cédé, bien qu'il jure qu'il se plaindra de cet outrage au prochain Résident Impérial, mais il laissera les policiers occuper son royaume et chercher à leur gré. »

Chercher une quantité de jeunes patriotes fervents, bien intentionnés, qui ne reverront plus jamais l'aurore sur l'océan. Bah! je suppose que c'est pour le bien de tous. Il le faut – notre noble homosexuel d'Empereur l'a déclaré en personne.

« Parfait », dit Flandry. Il dévisagea Derek. « Puisque vous m'avez sauvé la vie, vous méritez une récompense. Votre père. »

« Hein? » Le grand gaillard fit un pas en arrière.

« Il n'est pas mort », dit Flandry. « Je l'ai persuadé de m'aider. Nous avons simulé un meurtre. Il est probablement chez lui à l'heure actuelle, en pleine crise de conscience. »

« *Quoi?* » rugit Derek.

Flandry haussa un sourcil.

« Pianissimo, je vous prie. » De sa cigarette, il fit reculer le jeune homme menaçant. « C'est vrai, je vous ai joué un tour. »

« Un tour qu'on aurait dû prévoir, de la part d'un sale mécréant! » Et Tessa Hoorn cracha à ses pieds.

« Portez la main sur moi, frère Umbolu, et je vous arrête pour trahison », dit Flandry. « Cela mis à part, en vertu de mes pouvoirs discrétionnaires, je vous place en liberté surveillée perpétuelle, sous la garde d'un citoyen qualifié. » Il sourit faiblement. « Je crois que la Maîtresse des Feux de Petit Skua est parfaitement qualifiée. »

Derek et Tessa se regardèrent.

Flandry se leva.

« Ladite liberté est conditionnée à votre mariage », reprit-il. « Je vous conseille, Umbolu, en choisissant votre épouse, d'oublier son noble sens du devoir, de faire abstraction du fait qu'elle peut vous fournir de l'argent et de penser à tout ce que vous pouvez lui donner. » Il leur jeta un coup d'œil, vit que leurs mains s'étaient soudainement enlacées – et eut une brève conversation privée avec le Norn de son destin personnel. « Y compris des héritiers », conclut-il. « J'aimerais que Nyanza soit bien peuplée. Lorsque la Longue Nuit tombera sur Terra, il faudra que quelqu'un prenne la relève. *Pourquoi pas vous?* »

Il les contourna et se rendit à sa cabine, loin de tous ces jeunes regards noirs.

ACHEVÉ D'IMPRIMER
LE 5 OCTOBRE 1987
SUR LES PRESSES DE
L'IMPRIMERIE HÉRISSEY
À ÉVREUX (EURE)

N° d'imprimeur : 43676
Dépôt légal : Novembre 1987